Reliure serrée

CONTES ET ROMANS ALSACIENS

LE BRIGADIER FRÉDÉRIC

PAR

ERCKMANN - CHATRIAN

ILLUSTRATIONS PAR TH. SCHULER

ŒUVRES COMPLÈTES ILLUSTRÉES

ROMANS NATIONAUX

Le Conscrit de 1813
Madame Thérèse ou les Volontaires de 92
L'Invasion
Waterloo
L'Homme du peuple
Le Blocus
La Guerre

HISTOIRE DE LA RÉVOLUTION FRANÇAISE RACONTÉE PAR UN PAYSAN 1789 À 1815

ŒUVRES COMPLÈTES ILLUSTRÉES

ROMANS POPULAIRES

L'illustre Docteur Mathéus
Hugues le Loup
Maître Daniel Rock
Contes des Bords du Rhin
L'ami Fritz
Confidences d'un Joueur de Clarinette
La Maison forestière
Le Juif Polonais

CONTES ET ROMANS ALSACIENS

Histoire du Plébiscite
Histoire d'un Sous-maître
Les Deux Frères
Le Brigadier Frédéric
Une Campagne en Kabylie
Maître Gaspard Fix

En préparation :

SOUVENIRS D'UN ANCIEN CHEF DE CHANTIER

PARIS

J. HETZEL ET Cie, LIBRAIRES-ÉDITEURS,

18, RUE JACOB.

L'ouvrage complet. Prix : 1 fr. 20 c.

LE

BRIGADIER FRÉDÉRIC

OUVRAGES DU MÊME AUTEUR

ŒUVRE COMPLÈTE. — VOLUMES IN-18 A 3 FR.

SOUVENIRS D'UN ANCIEN CHEF DE CHANTIER, 5e édition...... 1 volume.
LE BRIGADIER FRÉDÉRIC, 7e édition...... 1 —
UNE CAMPAGNE EN KABYLIE, 6e édition...... 1 —
LES DEUX FRÈRES, 10e édition...... 1 —
HISTOIRE D'UN SOUS-MAITRE, 9e édition...... 1 —
HISTOIRE DU PLÉBISCITE, 14e édition...... 1 —
L'ILLUSTRE DOCTEUR MATHÉUS, 5e édition...... 1 —
LA MAISON FORESTIÈRE, 7e édition...... 1 —
MAITRE DANIEL ROCK, 4e édition...... 1 —
MAITRE GASPARD FIX, 6e édition...... 1 —
CONTES POPULAIRE, 5e édition...... 1 —
CONTES DES BORDS DU RHIN, 4e édition...... 1 —
CONTES DE LA MONTAGNE, 5e édition...... 1 —
CONFIDENCES D'UN JOUEUR DE CLARINETTE, 6e édition...... 1 —
HISTOIRE D'UN CONSCRIT DE 1813, 37e édition...... 1 —
L'INVASION, 15e édition...... 1 —
MADAME THÉRÈSE, 24e édition...... 1 —
WATERLOO, 26e édition...... 1 —
LA GUERRE, 6e édition...... 1 —
LE BLOCUS, 16e édition...... 1 —
HISTOIRE D'UN HOMME DU PEUPLE, 10e édition...... 1 —
HISTOIRE D'UN PAYSAN :
1re Partie. Les États-Généraux, 1789, 21e édition...... 1 —
2e Partie. La Patrie en danger, 1792, 14e édition...... 1 —
3e Partie. L'an I de la République, 1793, 11e édition...... 1 —
4e Partie. Le citoyen Bonaparte, 1794 à 1815, 10e édition...... 1 —

LE JUIF POLONAIS, drame en 3 actes et 5 tableaux, avec airs notés. 1 vol. in-18. Prix...... 1 fr. 50 c.
LETTRE D'UN ÉLECTEUR A SON DÉPUTÉ. Prix...... 50 c.

LE

BRIGADIER FRÉDÉRIC

PAR

ERCKMANN-CHATRIAN

17 ILLUSTRATIONS PAR THÉOPHILE SCHULER

GRAVURES PAR PANNEMAKER

PARIS

J. HETZEL ET Cie ÉDITEURS, 18, RUE JACOB

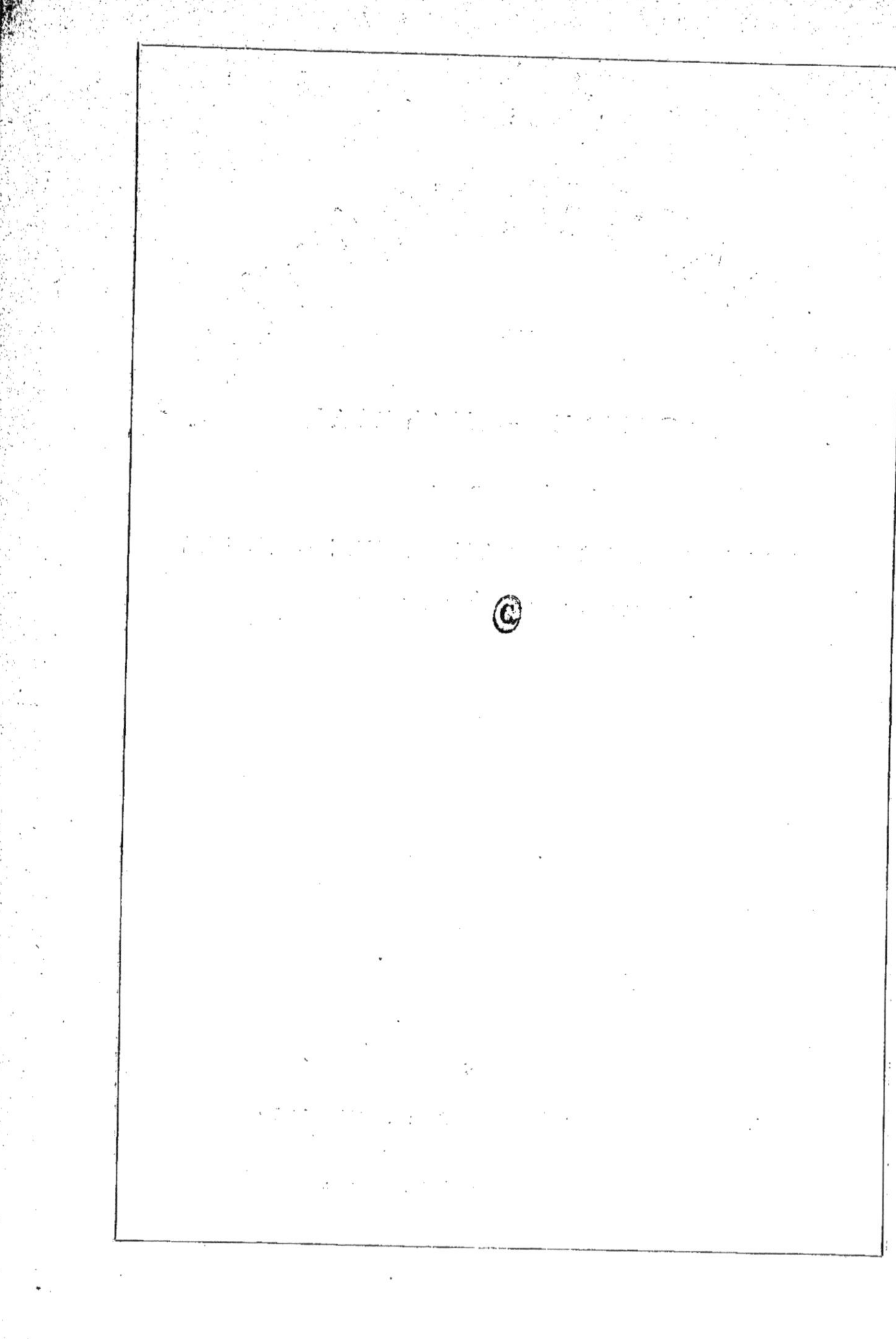

LE BRIGADIER FRÉDÉRIC

HISTOIRE D'UN FRANÇAIS CHASSÉ PAR LES ALLEMANDS

— ILLUSTRÉE PAR THÉOPHILE SCHULER —

Ils se causaient par-dessus la haie (p. 6).

CHAPITRE Ier

Quand j'étais brigadier forestier à la Steinbach, me dit le père Frédéric, et que j'avais l'inspection du plus beau triage de tout l'arrondissement de Saverne, une jolie maisonnette sous bois, le jardin et le verger derrière, pleins de pommiers, de poiriers et de pruniers où pendaient les fruits en automne; avec cela quatre bons arpents de prairie le long de la rivière ; que la grand'mère Anne, malgré ses quatre-vingts ans, filait encore derrière le poêle et pouvait rendre des services à la maison ; que ma femme et ma fille surveillaient le ménage, l'étable et la culture de notre bien ; et que les semaines, les mois et les années se passaient dans la tranquillité comme un seul jour... Si dans ce temps-là quelqu'un était venu me dire : — « Tenez, brigadier Frédéric, voyez cette grande vallée d'Alsace jusqu'aux rives du Rhin : ces centaines de villages entourés de récoltes en tous genres, tabac, houblon, garance, chanvre, lin, blé, orge, avoine, où passe le vent comme sur la mer ; ces hautes cheminées de fabriques qui fument dans les airs ; ces moulins et ces scieries ; ces coteaux chargés de vignes ; ces grands bois de hêtres et de sapins, les plus beaux de France pour les constructions de marine ; ces vieux châteaux en ruine depuis des siècles à la cime des montagnes ; ces forteresses de Neuf-Brisach, de Schlestadt, de Phalsbourg, de Bitche, qui défendent les défilés des Vosges.... Regardez, brigadier, aussi loin que les yeux d'un homme peuvent s'étendre, des lignes de Wissembourg à Belfort, eh bien, tout cela dans quelques années sera aux Prussiens ; ils seront maîtres de tout ; ils auront garnison partout ; ils lèveront des impôts ; ils enverront des percepteurs, des contrôleurs, des forestiers, des maîtres d'école dans tous les villages ! Et les gens du pays courberont les reins ; ils feront l'exercice dans les rangs allemands, commandés par des *feldwébel*[1] de l'empereur Guillaume !... » — Si quelqu'un m'avait dit ça, j'aurais cru que cet homme était fou, et même, dans mon indignation, j'aurais été capable de lui passer un revers de main par la figure.

Il n'aurait pourtant dit que la vérité, et même il n'en aurait pas dit assez, car nous avons vu bien d'autres choses ; et la plus terrible de toutes pour moi, qui n'avais jamais quitté la montagne, c'est encore de me voir à mon âge, dans cette mansarde d'où l'on ne découvre que des tuiles et des cheminées, seul, abandonné du ciel et de la terre, et rêvant jour et nuit à cette histoire épouvantable.

Oui, Georges, le plus terrible, c'est de rêver !

Les renards et les loups auxquels on casse une patte se lèchent et guérissent ; les chevreuils que l'on blesse meurent de suite, ou bien se couchent dans un hallier et finissent par en revenir ; et quand on enlève aux chiennes leurs petits, les pauvres bêtes maigrissent quelques jours, puis elles oublient, et tout est effacé. Mais, nous autres, nous ne pouvons pas oublier ; plus le temps marche, plus nous reconnaissons notre misère, plus nous voyons de choses tristes, que nous n'avions pas senties dans le premier moment : l'injustice, la mauvaise foi, l'égoïsme, tout grandit devant nos yeux, comme les ronces et les épines.

Enfin, puisque tu désires savoir comment je suis arrivé dans ce taudis, au fond de la Villette, et la manière dont j'ai passé ma vie jusqu'à présent, je ne refuserai pas de te répondre.

Tu pourrais interroger bien d'autres gens, des employés de toute sorte, des ouvriers, des paysans émigrés de là-bas ; toutes les masures de la Chapelle et de la Villette en sont pleines. Je me suis laissé dire qu'il en est parti plus de deux cent mille ! C'est possible ; au moment où je quittais le pays, toutes les routes en étaient déjà couvertes.

Mais ces choses, tu les sais aussi bien que moi ; je vais donc te parler de ce qui me regarde seul, en commençant par le commencement ; c'est le plus simple.

Quand ton grand-père, M. le président du tribunal Münstz, obtint de l'avancement en 1865, et qu'il partit pour la Bretagne, d'une certaine façon cela me fit plaisir, car il méritait d'avancer ; on n'a jamais vu d'homme plus savant ni meilleur, sa place n'était pas à Saverne ; mais d'un autre côté j'en eus aussi beaucoup de chagrin.

Mon père, l'ancien forestier de Dôsenheim, ne m'avait jamais parlé de M. le président Münstz qu'avec le plus grand respect, me répétant sans cesse que c'était notre bienfaiteur, qu'il avait toujours aimé notre famille ; moi-même je lui devais le bon poste de la Steinbach ; et c'est aussi sur sa recommandation que j'avais obtenu ma femme, Catherine Bruat, la fille unique de l'ancien brigadier Martin Bruat.

D'après cela, tu penses bien que, en allant faire mes rapports à Saverne, je regardais toujours avec attendrissement cette bonne maison, où j'avais été si bien reçu pendant vingt ans ; je regrettais ce brave homme, cela me serrait le cœur.

Et naturellement nous étions aussi beaucoup privés de ne plus te voir arriver en vacances à la maison forestière. Nous en avions tellement pris l'habitude, que longtemps d'avance nous disions :

« Voici le mois de septembre qui s'approche, le petit Georges va bientôt venir ! »

Ma femme dressait le lit en haut ; elle

1. Sergent.

mettait de la lavande entre les draps bien blancs; elle lavait le plancher et les vitres.

Moi, je préparais les lacets pour les grives et les amorces de toute sorte pour les truites; j'allais réparer sous les roches notre hutte aux mésanges; j'essayais les sifflets pour la pipée, et j'en faisais de nouveaux avec du plomb et des os d'oie. J'arrangeais tout en ordre dans nos boîtes, les hameçons, les cordeaux, les mouches en plumes de coq, riant d'avance du plaisir de te voir farfouiller là-dedans, de t'entendre me dire :

« Ecoutez, père Frédéric, il faudra m'éveiller demain à deux heures sans faute, nous partirons longtemps avant le jour! »

Je savais bien que tu dormirais comme un loir, jusqu'à ce que je vienne te secouer en te reprochant ta paresse; mais le soir, avant de te coucher, tu voulais toujours être debout à deux heures, et même à minuit; cela me réjouissait.

Et puis je te voyais déjà dans la hutte, tellement tranquille, pendant que je pipais, que tu n'osais presque pas respirer; je t'entendais frémir sur la mousse, quand les geais et les grives arrivaient, tournoyant pour voir sous les feuilles; je t'entendais murmurer tout bas :

« En voici!... En voici!... »

Tu ne te possédais plus, jusqu'à l'arrivée du grand nuage des mésanges, qui ne vient guère qu'au petit jour.

Oui, Georges, tout cela faisait ma joie, et j'attendais les vacances peut-être avec autant d'impatience que toi.

Notre petite Marie-Rose aussi se faisait une joie de te revoir bientôt; elle se dépêchait de tresser de nouvelles nasses et de réparer les mailles des filets rompues l'année d'avant; mais alors tout était fini, tu ne devais plus revenir, nous le savions bien.

Deux ou trois fois cet imbécile de Calas, qui gardait nos vaches dans la prairie, voyant passer de loin, sur l'autre pente de la vallée, des gens qui se rendaient à Dösenheim, accourut en criant, la bouche ouverte jusqu'aux oreilles :

« Le voici!... Le voici!... C'est lui... Je l'ai reconnu... il a son paquet sous le bras.... »

Ragot aboyait sur les talons de cet idiot. J'aurais voulu les assommer tous les deux, car nous avions appris ton arrivée à Rennes : M. le président lui-même avait écrit que tu regrettais tous les jours la Steinbach; j'étais bien d'assez mauvaise humeur, sans entendre des cris pareils.

Souvent aussi ma femme et Marie-Rose, en rangeant les fruits sur le plancher du grenier, disaient :

« Quelles belles poires fondantes!... Quelles bonnes reinettes grises!... Ah! si Georges revenait, c'est lui qui roulerait là-haut du matin au soir; il ne ferait que monter et descendre l'escalier. »

Et l'on souriait, les larmes aux yeux.

Et combien de fois, moi-même, rentrant de la pipée, et jetant sur la table mes chapelets de mésanges, ne me suis-je pas écrié :

« Tenez, en voilà dix, quinze douzaines. A quoi cela sert-il maintenant? Le petit n'est plus là!... Autant les donner au chat; moi je m'en moque pas mal! »

C'est vrai, Georges, je n'ai jamais eu le goût des mésanges ni même des grives. J'ai toujours mieux aimé un bon quartier de bœuf, et de temps en temps seulement un peu de gibier pour changer.

Enfin, c'est ainsi que se passèrent les premiers temps après votre départ. Cela dura quelques mois; finalement nos idées prirent un autre cours, d'autant plus qu'en janvier 1867 nous eûmes un grand malheur.

CHAPITRE II

Au cœur de l'hiver, pendant que tous les sentiers de la montagne étaient couverts de neige, et que nous entendions chaque nuit les branches des hêtres chargés de givre se briser comme du verre à droite et à gauche de la maison, un soir, ma femme, qui, depuis le commencement de la saison, allait et venait toute pâle, sans parler, me dit vers six heures, après avoir allumé le feu sur l'âtre : « Frédéric, je vais me coucher... Je ne me sens pas bien... J'ai froid. »

Jamais elle ne m'avait rien dit de semblable. C'était une femme qui ne se plaignait jamais et qui, durant sa jeunesse, surveillait notre ménage jusqu'à la veille de ses couches.

Moi, je ne me méfiais de rien, et je lui répondis :

« Catherine, ne te gêne pas... Tu travailles trop... Va te reposer... Marie-Rose fera la cuisine. »

Je pensais : Une fois dans vingt ans, ce n'est pas trop; elle peut bien se reposer un peu.

Marie-Rose fit chauffer une cruche d'eau pour lui mettre sous les pieds, et nous soupâmes tranquillement comme à l'ordinaire, avec des pommes de terre et du lait caillé. Aucune inquiétude ne nous venait; sur les neuf heures, après avoir fumé ma pipe près du fourneau, j'allais me coucher, quand, arrivant près du lit, je vis ma femme blanche comme un linge, les yeux tout grands ouverts. Je lui dis :

« Hé! Catherine! »

Mais elle ne bougea pas. Je répétai : « Catherine! » en lui secouant le bras... Elle était déjà froide!

Cette femme courageuse s'était couchée en quelque sorte à la dernière minute; elle avait perdu beaucoup de sang sans se plaindre. J'étais veuf... Ma pauvre Marie-Rose n'avait plus de mère!

Cela me causa un déchirement terrible; je crus que jamais je ne me relèverais de ce coup.

La vieille grand'mère, qui depuis quelque temps ne bougeait presque plus de son fauteuil et semblait toujours en rêve, se réveilla. Marie-Rose poussait des sanglots qu'on entendait jusque dehors, et Calas lui-même, ce pauvre idiot, bégayait :

« Ah! si j'étais seulement mort à sa place!... »

Et comme nous étions au loin dans les bois, il fallut transporter ma pauvre femme, pour l'enterrer, à l'église de Dôsenheim pendant les grandes neiges. Nous allions à la file, le cercueil devant nous sur la charrette. Marie-Rose pleurait tellement, que j'étais forcé de la soutenir à chaque pas. Heureusement la grand'mère n'était pas venue; elle s'était assise dans son fauteuil et récitait les prières des morts à la maison.

Nous ne revînmes ce soir-là qu'à la nuit noire. Et maintenant la mère était là-bas sous la neige, avec les anciens Bruat, qui sont tous au cimetière de Dôsenheim, derrière l'église; elle était là, et je pensais :

« Qu'est-ce que la maison va devenir? Jamais, Frédéric, tu ne te remarieras; tu as eu une bonne femme, qui sait si la seconde ne serait pas la plus mauvaise et la plus dépensière du pays? Jamais tu n'en prendras d'autre. Tu vivras comme cela tout seul. Mais quoi faire?... Qui est-ce qui prendra soin de tout? Qui est-ce qui veillera jour et nuit à tes intérêts? La grand'mère est trop vieille et ta fille n'est encore qu'une enfant. »

Je me désolais, songeant que tout allait se perdre; que nos économies depuis tant d'années se dépenseraient de jour en jour. Mais j'avais dans ma petite Marie-Rose un véritable trésor, une enfant pleine de courage et de bon sens; sitôt ma femme morte, elle se mit à la tête de nos affaires, veillant aux champs, au bétail, au ménage, et commandant à Calas comme la mère. Le pauvre garçon lui obéissait; il comprenait, dans sa simplicité, que c'était maintenant la maîtresse, et qu'elle avait le droit de parler pour tout le monde.

Voilà comment vont les choses sur la terre.

Quand on a eu des misères pareilles, on croirait qu'il ne peut rien vous arriver de pire; mais tout cela n'était qu'un petit commencement, et lorsque j'y pense, il me semble que notre plus grand bonheur aurait été de mourir tous ensemble le même jour.

La vieille maison, où je rentrais autrefois en riant de loin, rien que de voir ses petites fenêtres briller au soleil et sa petite cheminée fumer entre les cimes des sapins, était alors triste, désolée. L'hiver nous parut bien long. Le feu qui pétille si joyeusement sur l'âtre, quand les fleurs blanches du givre couvrent les vitres et que le silence règne dans la vallée, ce feu, que je regardais souvent des demi-heures en fumant ma pipe, rêvant à mille choses qui me passaient par la tête, ne me donnait plus que de tristes pensées. Les bûches pleuraient; le pauvre Ragot cherchait dans tous les coins, il montait, descendait, soufflait sous les portes; Calas tressait des paniers en silence, les osiers en tas devant lui; la grand'mère disait son chapelet; et Marie-Rose, toute pâle et vêtue de noir, allant et venant dans la maison, veillait à tout et faisait tout sans bruit, comme sa pauvre mère.

Moi, je ne disais rien; quand la mort est entrée quelque part, toutes les plaintes que l'on peut faire sont en pure perte.

Oui, cet hiver fut long!

Puis le printemps revint comme les autres années; les hêtres et les sapins se remirent à pousser leurs bourgeons; on ouvrit les fenêtres pour renouveler l'air; le grand poirier devant la porte se couvrit de fleurs; tous les oiseaux du ciel recommencèrent à chanter, à se poursuivre, à nicher, comme si rien ne s'était passé.

Je repris aussi mon travail, accompagnant monsieur le garde général Rameau dans ses tournées, pour l'aménagement des coupes, surveillant l'exploitation au loin, partant de grand matin et revenant tard, au dernier chant des hautes-grives.

Le chagrin me suivait partout, et pourtant j'avais encore la consolation de voir Marie-Rose grandir en force et en beauté d'une façon vraiment merveilleuse.

Ce n'est pas, Georges, parce que j'étais son père que je dis cela; mais on aurait cherché longtemps de Saverne à Lutzelstein, dans nos vallées, avant de rencontrer une jeune fille aussi fraîche, la taille aussi bien prise, l'air aussi honnête, avec d'aussi beaux yeux bleus et d'aussi magnifiques cheveux blonds. Et comme elle s'entendait à tous les ouvrages, soit de la maison, soit du dehors!... Ah! oui, je puis bien le dire, c'était une belle créature, douce et forte.

Souvent, en rentrant à la nuit et la voyant au haut de l'escalier me faire signe qu'on m'attendait depuis longtemps pour le souper, puis descendre les marches et me tendre ses bonnes joues, souvent j'ai pensé :

« Elle est encore plus belle que sa mère au même âge; elle a le même bon sens; dans ton malheur, ne te plains pas, Frédéric, car beaucoup d'autres envieraient ton sort d'avoir une enfant pareille, qui te donne tant de satisfaction. »

Une seule chose me faisait venir des larmes, c'est quand je songeais à ma femme, alors je m'écriais :

« Ah! si Catherine pouvait revenir pour la voir, elle serait bien heureuse! »

Vers le même temps, d'autres idées me passaient par l'esprit, l'époque de ma retraite approchait, et comme Marie-Rose entrait dans sa dix-septième année, je songeais à lui trouver un brave garçon de la partie forestière, chez lequel je finirais tranquillement mes jours, au milieu de mes enfants et de mes petits-enfants, et qui, prenant ma place, me respecterait comme j'avais respecté le beau-père Bruat, en lui succédant vingt ans avant.

J'y pensais, c'était ma principale idée, et justement j'avais quelqu'un en vue, un grand et beau jeune homme de Felsberg, sorti des chasseurs à cheval quatre ou cinq ans avant et qui venait d'être nommé garde forestier à Tomenthâl, près de chez nous. Il s'appelait Jean Merlin et connaissait déjà la partie forestière, ayant fait son apprentissage du côté d'Egisheim, en Alsace.

Ce garçon-là me plaisait, d'abord parce qu'il avait un bon caractère, ensuite parce que Marie-Rose le regardait d'un œil favorable. J'avais remarqué qu'elle rougissait toujours un peu en le voyant entrer à la maison faire son rapport, et que lui, ces jours-là, ne manquait jamais d'arriver en tenue, la petite casquette à cor de chasse ornée d'une feuille de chêne ou d'une brindille de bruyère, ce qui relève un homme; et que sa voix un peu rude devenait très-douce en disant :

« Bonjour, mademoiselle Marie-Rose; vous allez toujours bien?... Quel beau temps aujourd'hui... quel beau soleil!... etc. »

Il paraissait troublé; Marie-Rose aussi lui répondait d'une voix toute timide. Enfin, c'était clair, ils s'aimaient et s'admiraient l'un l'autre, chose naturelle quand on est en âge de se marier. Cela s'est vu dans tous les temps et se verra toujours; c'est un bienfait de la Providence.

Donc, je n'y trouvais pas de mal, au contraire je pensais :

« Quand il me la demandera suivant les règles, nous verrons... Je ne dirai ni oui, ni non tout de suite; il ne faut pas avoir l'air de se jeter au cou des gens; mais je finirai par me laisser attendrir et je consentirai, car il ne faut pas non plus désespérer la jeunesse. »

Voilà les idées qui me roulaient dans la tête.

En outre, le jeune homme était de bonne famille : il avait son oncle, Daniel Merlin, maître d'école à Felsberg; son père avait été sergent dans un régiment d'infanterie, et sa mère Margrédel, quoique retirée avec lui dans la maison forestière du Tomenthâl, jouissait à Felsberg d'une maisonnette, d'un jardin et de cinq ou six arpents de bonne terre; on ne pouvait souhaiter de parti plus convenable sous tous les rapports.

En voyant que tout marchait selon mes idées, presque tous les soirs, lorsque je revenais de mes tournées sous bois, dans le sentier qui longe la vallée de Dôsenheim, au moment où le soleil se couche, où le silence s'étend avec l'ombre des forêts, dans les grandes prairies de la Zinzelle, — ce silence de la solitude à peine troublé par le murmure de la petite rivière, — presque chaque soir, en marchant tout pensif, je me représentais la paix que mes enfants auraient dans ce coin du monde; leur bon ménage; la naissance des petits êtres, que nous porterions à Dôsenheim, pour les baptiser dans la vieille église, et d'autres choses semblables qui m'attendrissaient et me faisaient dire :

« Seigneur Dieu, c'est sûr, ces choses arriveront!... Et quand tu seras vieux, Frédéric, bien vieux, le dos plié par l'âge, comme la grand'mère Anne, et la tête toute blanche, tu t'en iras tranquillement, rassasié de jours, en bénissant la jeune couvée. Et longtemps après toi, ce brave Jean Merlin, avec Marie-Rose, se rapelleront ton souvenir.

En me figurant cela, je faisais halte régulièrement dans le sentier au-dessus de la maison forestière de Jean Merlin, regardant au-dessous le petit toit en bardeaux, le jardinet entouré de palissades, et la cour où la mère de Jean chassait ses poules et ses canards au poulailler vers la nuit, car les renards ne manquent pas dans ce tournant de la forêt. Je regardais d'en haut, et je criais en levant ma casquette :

« Eh! Margrédel, bonsoir! »

Alors, elle, levant les yeux, me répondait toute joyeuse :

« Bonsoir, monsieur le brigadier. Ça va bien chez vous?

— Mais oui, Margrédel, très-bien, Dieu merci. »

Aussitôt je descendais à travers les broussailles; nous nous donnions une poignée de main.

C'était une bonne femme, toujours gaie et riante, par suite de sa grande confiance en Dieu, qui lui faisait toujours voir les choses du bon côté. Sans nous être rien dit, nous savions bien ce que nous pensions tous les deux; nous n'avions besoin que de parler de la pluie et du beau temps, pour comprendre le reste.

Et quand, après avoir bien bavardé, je m'en allais, Margrédel me criait encore de sa voix un peu cassée, car elle avait près de soixante ans :

« Bonne route, monsieur le brigadier! N'oubliez pas Mlle Marie-Rose et la grand'mère!

— Soyez tranquille, je n'oublierai rien. »

Elle faisait signe de la tête que c'était bien, et je partais en allongeant le pas.

Il m'arrivait aussi quelquefois, quand ma tournée finissait avant cinq heures, de trouver Jean aux environs de la maison, de l'autre côté du vallon, dans le sentier qui longeait notre verger, et Marie-Rose dans le jardin, à cueillir des légumes. Ils étaient chacun de son côté et se causaient par-dessus la haie, sans en avoir l'air; ils s'en racontaient!

Cela me rappelait le bon temps où je faisais ma cour à Catherine, et j'arrivais tout doucement par les bruyères, jusqu'à vingt pas derrière eux, criant :

« Hé! hé! Jean Merlin, c'est comme cela qu'on remplit son service! Je vous attrape à dire de belles paroles aux jeunes filles! »

Alors il se retournait, et je voyais son air embarrassé.

« Pardon, brigadier, disait-il, je viens pour une affaire de service... je causais avec Mlle Marie-Rose en vous attendant.

— Oui... oui... c'est bon... nous allons voir ça! Je ne me fie pas aux renards, moi! »

Enfin, des plaisanteries... Tu comprends, Georges, le bonheur était revenu chez nous.

J'avais autant de confiance en Jean Merlin que dans Marie-Rose et dans moi-même. La mauvaise race qui trompe n'existe pas au pays; elle est toujours venue d'ailleurs.

CHAPITRE III

Les choses allèrent ainsi durant toute l'année 1868. Jean Merlin cherchait toutes les occasions de se présenter à la maison, soit pour affaires de service, soit même pour me consulter sur ses affaires de famille. Il n'avait qu'une crainte, c'était d'être refusé; quelquefois, étant en tournée ensemble sous bois, je le voyais la tête penchée; il semblait vouloir parler, il élevait la voix tout à coup, puis se taisait.

Je lui souhaitais un peu plus de courage, mais je ne pouvais pas commencer, cela n'aurait pas convenu pour un supérieur; j'attendais sa demande en règle, pensant qu'il finirait par m'écrire, ou par m'envoyer quelqu'un de ses parents en cérémonie faire la déclaration, par exemple son oncle Daniel, le maître d'école de Felsberg, homme respectable, qui pouvait se charger d'une commission aussi délicate.

Il m'arrivait aussi de réfléchir à ce qui me regardait particulièrement. Je ne demandais pas mieux que de voir ma fille heureuse, mais il faut tâcher autant que possible d'accorder tous les intérêts ensemble. Quand on ne songe à rien, tout vous paraît simple et facile, et pourtant les meilleures choses ont leur mauvais côté.

J'avais encore près de deux ans à faire pour arriver à ma retraite; mais après cela, si mon gendre n'était pas nommé brigadier à ma place, il allait donc falloir quitter cette vieille maison, où j'avais passé tant d'années avec les êtres qui m'étaient chers : le beau-père Bruat, ma pauvre femme, la grand'mère Anne, enfin tout le monde; il allait falloir tout abandonner, pour vivre dans des pays que je ne connaissais pas, parmi des figures étrangères!

Cette idée me désolait.

Je savais bien que Marie-Rose et Jean Merlin me respecteraient toujours comme leur père, j'en étais sûr! Mais l'habitude de retourner dans le même coin et de voir les mêmes choses devient une seconde nature, et voilà pourquoi les vieux lièvres, même après avoir reçu des coups de feu dans les environs de leur gîte, y reviennent toujours ; ils ont besoin de voir la broussaille, la touffe d'herbe qui leur rappellent la jeunesse, les amours et même les inquiétudes et les chagrins, qui font à la longue les trois quarts de notre existence et nous attachent autant que les souvenirs de bonheur.

Ah! je n'aurais jamais cru qu'il m'arriverait bien pis que de me retirer avec mes enfants, dans un pays de sapins semblable au nôtre, et dans une maisonnette pareille à la mienne!

Ces choses m'inquiétaient donc beaucoup; et depuis le départ de M. le président Münstz, je ne savais plus à qui demander un bon conseil, quand tout s'arrangea d'une façon très-heureuse, qui m'attendrit encore quand j'y pense.

Tu sauras que, durant les années 1867, 1868 et 1869, on faisait des routes dans toutes les directions, pour l'exploitation des coupes et le transport des bois au chemin de fer et au canal. M. Laroche, inspecteur forestier du canton de Lutzelstein, dirigeait ces grands travaux. C'était un homme de cinquante-cinq ans, robuste et sérieux, qui ne s'occupait que de son affaire; la chasse, la pêche n'entraient pas dans ses goûts; avec lui, pour être bien noté, il ne s'agissait pas d'être bon tireur ou bon traqueur, il fallait bien remplir son service.

Lui-même arrivait souvent sur les lieux, expliquant clairement les pentes à suivre, les arbres qui devaient tomber, etc.; à moins d'être véritablement borné, chacun était forcé de comprendre; les choses marchaient ainsi rondement et pour le mieux.

Naturellement, un homme pareil connaissait aussi son personnel à fond; et quand il était content, il vous adressait une de ces bonnes paroles qui vous relèvent le cœur.

Pour ma part, je crois qu'il me portait de l'intérêt, car souvent, après avoir entendu mon rapport dans son cabinet, à Lutzelstein, il me disait : « C'est très-bien.... très-bien, père Frédéric! » et me donnait même une poignée de main.

Or, vers le printemps de 1869, l'ordre arriva de refaire le chemin qui descend de la Petite-Pierre à la vallée du Graufthâl, pour rejoindre la nouvelle route de Saverne à Metting; l'embranchement tombait près de la scierie, non loin de la maison forestière : je me trouvais donc tous les jours de service avec ma brigade, pour surveiller les travaux.

La première partie était presque terminée ; on commençait à faire sauter les roches en bas, près de la vallée, pour régulariser la voie, quand un matin, étant allé faire mon rapport ordinaire à Lutzelstein, M. l'inspecteur me reçut particulièrement très-bien.

Il pouvait être une heure, moment de son déjeuner, et lui-même arrivait à sa maison comme je sonnais.

« Ah! c'est vous, père Frédéric, dit-il tout joyeux en ouvrant sa porte. Un beau temps ce matin. Tout roule là-bas?

— Oui, monsieur l'inspecteur, tout marche rondement, selon vos ordres.

— Bon!... bon! fit-il. Asseyez-vous, nous avons à causer. Vous déjeunerez avec moi. Ma femme est chez ses parents, en Champagne; vous me tiendrez compagnie. »

Souvent, quand j'arrivais à l'heure du déjeuner, il m'avait offert un bon verre de vin, mais jamais l'idée ne lui était venue de me faire asseoir à sa table.

« Asseyez-vous là, dit-il. Hé! Virginie, apportez un couvert pour le brigadier. Vous pouvez servir. »

Figure-toi mon étonnement et ma satisfaction. Je ne savais comment le remercier; lui n'avait pas l'air de voir mon embarras. Il commença par ôter sa tunique et par mettre un paletot, en me demandant :

« Vous avez bon appétit, père Frédéric?

— Mais oui, monsieur l'inspecteur, cela ne manque jamais.

— Allons, tant mieux, tant mieux! Goûtez-moi ce bifteck; Virginie est une bonne cuisinière; vous m'en donnerez des nouvelles. A votre santé!

— A la vôtre, monsieur l'inspecteur. »

J'étais là comme en rêve; je me disais :

« Est-ce bien toi, Frédéric, qui déjeunes ici dans cette belle chambre, avec ton supérieur, et qui bois ce bon vin? »

Enfin, j'étais embarrassé.

M. Laroche, au contraire, semblait toujours plus familier avec moi, de sorte qu'à la fin, après trois ou quatre rasades, je trouvai moi-même la chose en quelque sorte naturelle. Parce que sa femme n'était pas là, je pensais qu'il était content de m'avoir, pour causer de l'aménagement des bois, des nouvelles coupes, de notre chemin du Graufthâl,

J'allais comme à vingt ans (p. 10).

et je m'enhardissais à lui répondre en riant, presque sans gêne.

Nous étions ainsi depuis environ vingt minutes. Mlle Virginie venait d'apporter les amandes, les biscuits et le fromage de Gruyère, quand se redressant contre le dos de sa chaise et me regardant d'un air de bonne humeur :

« C'est pourtant agréable, dit-il, de se porter comme nous autres, à notre âge... Ha! ha! ha! nous n'avons pas encore perdu nos dents, père Frédéric!

— Non, non, monsieur l'inspecteur, elles sont bien plantées. »

Et je riais aussi.

« Quel âge avez-vous? fit-il.

— Cinquante ans bientôt, monsieur l'inspecteur.

— Et moi, cinquante-cinq. Hé! hé! c'est égal, le temps de la retraite approche; un de ces jours on va nous fendre l'oreille. »

Il riait toujours. Moi, songeant à cela, je n'étais plus aussi gai.

Alors il me passa le fromage, en disant :

« Et que pensez-vous faire dans deux ans d'ici? Moi, ma femme veut m'emmener dans son pays de Champagne. Cela m'ennuie beaucoup, je n'aime pas la plaine; mais vous savez : ce que femme veut, Dieu le veut! C'est un proverbe, et tous les proverbes ont un air de bon sens extraordinaire.

— Oui, monsieur l'inspecteur, lui répondis-je. C'est même très-ennuyeux des proverbes pareils, car moi je ne pourrai jamais quitter la montagne, l'habitude est trop forte.

Maintenant, je puis mourir en paix (p. 12).

S'il fallait partir, je n'en aurais pas pour quinze jours; il ne resterait plus qu'à me jeter la dernière pelletée de terre.

— Sans doute, fit-il, et pourtant les jeunes arrivent, les vieux doivent leur céder la place. »

Malgré les bonnes rasades, j'étais devenu tout muet, songeant à ces choses malheureuses, quand il me dit :

« Dans votre position, père Frédéric, savez-vous ce que je ferais? Puisque vous aimez tellement la montagne, puisque c'est en quelque sorte votre existence de vivre sous les bois... Eh bien, je me chercherais un gendre dans la partie forestière, un brave garçon qui me remplacerait, et chez lequel je vivrais tranquillement jusqu'à la fin, au milieu des casquettes vertes et de l'odeur des sapins.

— Ah! justement, monsieur l'inspecteur, j'y pense tous les jours; mais...

— Mais quoi? fit-il. Qu'est-ce qui vous gêne? Vous avez une jolie fille, vous êtes un brave homme, qu'est-ce qui vous embarrasse? Le choix ne vous manque pas, j'espère; parmi les gardes de l'inspection, le grand Kern, Donadieu, Nicolas Trompette ne demanderaient pas mieux que de devenir votre gendre. Et ce brave Jean Merlin... Voilà ce qu'on peut appeler un garde forestier modèle, franc, actif, intelligent, et qui ferait bien votre affaire. Ses notes sont excellentes; il figure en premier sur le tableau d'avancement, et ma foi, père Frédéric, à votre retraite, je crois bien qu'il a toutes les chances de vous succéder. »

En écoutant cela, j'étais devenu rouge jusqu'aux oreilles, et je ne pus m'empêcher de répondre :

« Ça, c'est vrai ! Contre Jean Merlin, personne n'a rien à dire; jamais on n'a vu de meilleur garçon ni de plus honnête; mais je ne peux pourtant pas offrir ma fille aux gens qui me plaisent; Merlin ne m'a jamais parlé de mariage avec Marie-Rose, ni sa mère Margrédel, ni son oncle Daniel, ni personne. Vous comprenez bien, monsieur l'inspecteur, que je ne dois pas m'avancer jusque-là, ce serait trop fort ! Et puis tout doit se passer dans l'ordre, la demande doit être faite régulièrement. »

Il allait me répondre; mais Mlle Virginie étant entrée pour verser le café, il prit sur la cheminée une boîte, en disant :

« Allumons un cigare, père Frédéric. »

Je voyais qu'il était réjoui; la servante étant sortie, il s'écria tout joyeux :

« Ah çà ! père Frédéric, est-ce que vous avez besoin qu'on vous dise que Jean Merlin et Marie-Rose s'aiment de tout leur cœur ? Faut-il que l'oncle Daniel vienne vous déclarer la chose en capote noire, avec des boucles aux souliers ? »

Il riait tout haut, et comme je restais surpris :

« Eh bien ! fit-il, voici l'affaire en deux mots : L'autre jour Merlin était si triste, que je lui demandai s'il n'était pas malade, et le pauvre garçon m'avoua, les larmes aux yeux, ce qu'il appelait son malheur. Vous avez la figure si grave, si respectable, que personne de la famille n'ose vous faire la demande. Ces braves gens ont pensé que j'aurais de l'influence. Faut-il mettre mon grand uniforme, père Frédéric ? »

Il était si gai, que malgré mon trouble je lui répondis :

« Oh ! monsieur l'inspecteur, maintenant tout est bien !

— Vous consentez ?

— Si je consens ! Jamais je n'ai souhaité que cela... Oui... oui... je consens et je vous remercie ! Vous pouvez dire, monsieur Laroche, qu'aujourd'hui vous avez rendu Frédéric le plus heureux des hommes. »

Je m'étais levé, j'avais déjà remis mon sac sur l'épaule, quand M. le garde général Rameau entra, pour affaires de service.

« Vous partez, père Frédéric, me dit monsieur l'inspecteur, vous ne videz pas votre tasse ?

— Ah ! monsieur Laroche, lui dis-je, je suis trop content maintenant pour tenir en place... Les enfants m'attendent bien sûr... il faut que je leur rapporte la bonne nouvelle.

— Eh bien, allez, dit-il en se levant et me reconduisant jusqu'à la porte; vous avez raison, il ne faut pas retarder le bonheur des jeunes gens. »

Il me serra la main, et je partis après avoir salué M. Rameau.

Je sortis tellement heureux que je ne voyais plus clair. Ce n'est qu'au bout de la rue, en redescendant à gauche dans la vallée, que je m'éveillai de ce grand trouble d'idées joyeuses.

J'avais peut-être un petit coup de trop; je dois le reconnaître, Georges, ce bon vin m'avait ébloui; mais les jambes étaient solides tout de même, j'allais comme à vingt ans, en riant et me disant :

« A cette heure, Frédéric, tout est en ordre, personne n'aura rien à dire, c'est monsieur l'inspecteur qui a fait la demande; cela vaut encore mille fois mieux que si c'était l'oncle Daniel... Ah ! ah ! ah ! quelle chance !... Allons-nous être heureux dans la baraque !... Vont-ils être contents d'apprendre que tout s'est arrangé, que je consens et qu'il ne reste plus qu'à chanter le *Gloria in excelsis*. Ha ! ha ! ha !... Et toi, tu peux rire aussi, tout a marché comme tu voulais... Tu resteras dans le pays jusqu'à la fin de ton existence; tu verras les bois par ta fenêtre et tu sentiras la bonne odeur de la résine et de la mousse jusqu'à quatre-vingts ans. Voilà ce qu'il te fallait, sans parler du reste, des enfants, des petits-enfants, etc., etc. »

J'avais envie de danser, en descendant le chemin de la Frômühle.

Il pouvait être alors six heures, la nuit approchait, avec la fraîcheur du soir; les grenouilles commençaient leur musique au milieu des joncs et des hautes herbes de l'étang; les vieux sapins, au revers de la côte, devenaient bleus dans le ciel plus sombre. Je m'arrêtais de temps en temps pour les regarder, et je pensais :

« Vous êtes de beaux arbres bien droits et remplis de bonne sève; aussi vous resterez encore là bien longtemps. Le soleil réjouira vos cimes toujours vertes, jusqu'à ce qu'on vous marque pour la hache du bûcheron. Alors, ce sera la fin; mais les petits sapins auront grandi à votre ombre, la place ne sera jamais vide. »

Et, pensant à cela, je me remettais à marcher tout attendri; je m'écriais :

« Oui, Frédéric, voilà ton sort !... Tu as

aimé le beau-père Bruat; tu l'as soutenu quand il ne pouvait plus rendre aucun service, en considération de la confiance qu'il avait mise en toi, et parce que c'était un brave homme, un vieux serviteur de l'Etat, très-respectable... Maintenant c'est ton tour d'être aimé et soutenu par ceux qui s'élèvent pleins de jeunesse; tu seras au milieu d'eux, comme un de ces vieux sapins couverts de mousse blanche. Ah! les pauvres vieux, ils méritent bien de vivre; s'ils n'avaient pas poussé droit, on les aurait coupés depuis longtemps, pour en faire des bûches et des fagots. »

Je bénissais l'Eternel, qui ne laisse jamais dépérir les honnêtes gens; et c'est ainsi que j'arrivai vers sept heures du soir, dans le chemin de la Scierie, au fond de la vallée. Je vis la maison forestière à gauche, près du pont. Ragot aboyait; Calas ramenait le bétail à l'étable, en criant et claquant du fouet; la bande des canards, au bord de la rivière, sur le sable, se grattait et s'épluchait autour du cou, sous les ailes et la queue, en attendant l'heure de dormir; quelques poules becquetaient encore dans la cour, et deux ou trois vieilles, à moitié déplumées, s'assoupissaient à l'ombre du petit mur.

Alors voyant Ragot accourir à ma rencontre, je me dis :

« Nous y voilà!... Maintenant, attention... Tu vas d'abord parler... Jean Merlin doit être là pour sûr... Il faut que tout soit clair d'avance!... »

Je montai les marches, et je vis Marie-Rose dans la chambre en bas, les bras nus, qui pétrissait de la pâte et l'étendait en galettes avec le rouleau sur notre grande table, pour faire des *noûdels*. Elle m'avait aperçu de loin, et continuait son ouvrage, sans lever les yeux.

« Tu travailles bien, Marie-Rose, lui dis-je.

— Ah! c'est toi, mon père, fit-elle. Je fais des *noûdels*.

— Oui, c'est moi, répondis-je en accrochant mon sac au mur. J'arrive de chez M. l'inspecteur... Est-ce qu'il n'est venu personne?

— Si, mon père, Jean Merlin est venu faire son rapport, mais il est reparti...

— Ah! il est reparti... Bon! bon!... Il n'est pas allé bien loin, je pense; nous avons à causer ensemble et d'affaires graves! »

J'allais, je venais, regardant les galettes, la corbeille pleine d'œufs, le petit corbillon rempli de farine, et Marie-Rose se dépêchant, se dépêchant sans desserrer les lèvres.

A la fin, je m'arrêtai et je dis :

« Ah çà! Marie-Rose, c'est bon de travailler, mais nous avons autre chose à faire pour le moment... Qu'est-ce que je viens d'apprendre chez M. l'inspecteur? Est-ce vrai que tu aimes Jean Merlin? »

Comme je parlais, elle laissa tomber son rouleau et devint toute rouge.

« Oui, lui dis-je, voilà l'histoire! Ce n'est pas pour te faire des reproches, Jean Merlin est un brave garçon, un bon forestier, je ne lui en veux pas... Moi-même, dans le temps, j'ai bien aimé ta mère, et le père Bruat, qui était mon supérieur, ne m'a pas chassé, ni maudit à cause de cela. C'est une chose naturelle, quand on est jeune, de penser à se marier. Mais lorsqu'on veut avoir une honnête fille en mariage, il faut d'abord la demander à son père, il faut que tout le monde soit d'accord... Tout doit marcher selon le bon sens. »

Elle était toute troublée; mais en entendant cela, elle courut bien vite prendre un pot de réséda et le posa sur le rebord de la fenêtre ouverte, ce qui me remplit de surprise, car ma femme Catherine avait fait la même chose le jour de ma demande en mariage, pour m'appeler; et presque aussitôt Merlin sortit du bouquet d'arbres sous les roches en face, où je m'étais aussi caché, et se mit à venir en courant à travers la prairie, comme j'étais venu moi-même, vingt ans avant!

Alors, voyant ces choses, je fis aussi comme avait fait le vieux Bruat. Je me mis dans l'allée, devant la porte de la chambre, ma fille derrière moi; et comme Merlin entrait tout essoufflé, je me redressai et je lui dis :

« Merlin, est-ce vrai ce que M. l'inspecteur m'a raconté : que vous aimez ma fille et que vous la demandez en mariage?

— Oui, brigadier, dit-il, en posant la main sur sa poitrine, je l'aime plus que ma vie! »

En même temps il voulut parler à Marie-Rose, mais je criai :

« Halte!... un instant... Vous l'aimez, et Marie-Rose vient de reconnaître qu'elle vous aime aussi... C'est très-bien... c'est agréable de s'aimer!... Mais il faut penser aussi aux autres, aux anciens. Moi, quand je me suis marié avec Catherine Bruat, j'ai promis de garder le beau-père et la belle-mère jusqu'à la fin de leurs jours, et j'ai tenu ma parole, comme fait tout homme d'honneur; je les ai aimés, soignés et vénérés; ils ont toujours eu la première place à table, le premier verre de vin, le meilleur lit de la maison. La grand'-mère Anne, qui vit encore, est là pour le dire!... Ce n'était que mon simple devoir; si je ne l'avais pas fait, j'aurais été un gueux;

mais ils n'ont jamais eu à se plaindre de moi; sur son lit de mort, le père Bruat m'a béni, il a dit : « Frédéric a toujours été pour nous « comme le meilleur des fils ! » J'ai donc mérité d'avoir la même chose, et je veux l'avoir, parce que c'est juste!... Eh bien, maintenant que vous m'avez entendu, promettez-vous, Merlin, d'être pour moi comme j'ai été pour le père Bruat ?

— Ah ! brigadier, fit-il, je serai le plus heureux des hommes de vous avoir pour père ! Oui, oui, je vous promets d'être un bon fils; je vous promets de vous aimer toujours et de vous respecter comme vous le méritez. »

Alors je fus attendri et je dis :

« De cette manière, tout est bien; je vous donne la main de Marie-Rose; vous pouvez l'embrasser. »

Ils s'embrassèrent sous mes yeux, comme de braves enfants qu'ils étaient. Marie-Rose pleurait à chaudes larmes. J'appelai la grand'mère dans la petite chambre à côté; elle vint appuyée sur mon bras et nous bénit tous en disant :

« Maintenant je peux mourir en paix, j'ai vu ma petite-fille heureuse, aimée par un honnête homme. »

Et tout ce jour-là, jusqu'au soir, elle ne finit pas de prier, recommandant ses petits-enfants à Dieu. Merlin et Marie-Rose ne se lassaient pas de se regarder et de causer entre eux. Moi je me promenais dans la grande chambre et je leur disais :

« A cette heure vous êtes fiancés... Jean pourra venir quand il voudra, soit que je me trouve à la maison, ou que je sois sorti. M. l'inspecteur m'a dit qu'il était le premier sur le tableau d'avancement, et qu'il me remplacerait sans aucun doute à ma retraite; cela ne peut plus tarder longtemps, alors nous célébrerons le mariage. »

Ces bonnes nouvelles augmentaient encore leur satisfaction.

La nuit étant venue, Jean Merlin, pour ne pas inquiéter sa mère, se leva, embrassant de nouveau sa fiancée. Nous le reconduisîmes jusque dehors, sous le grand poirier. Le temps était magnifique, le ciel tout blanc d'étoiles; pas un oiseau, pas une feuille ne remuait au loin, tout dormait dans la vallée. Et comme Merlin me serrait la main, je lui dis encore :

« Vous préviendrez Margrédel, votre mère, de venir sans faute demain, avant midi; Marie-Rose nous fera un bon dîner, nous célébrerons les fiançailles ensemble. C'est la plus grande fête de la vie; si l'oncle Daniel peut aussi venir, nous en serons bien contents.

— C'est bon, père Frédéric, » dit-il.

Puis il partit d'un bon pas.

Nous rentrâmes les larmes aux yeux. Et songeant à ma pauvre Catherine, je me dis :

« Il y a pourtant de beaux jours dans la vie; pourquoi ma bonne, mon excellente femme n'est-elle plus avec nous?... »

Ce fut le seul moment d'amertume que j'eus dans cette journée.

CHAPITRE IV

Tu comprends, Georges, qu'après cela tout alla très-bien. Je n'avais plus à m'inquiéter que de mon service. Jean Merlin et sa mère Margrédel venaient passer les dimanches à la maison.

C'était l'automne, l'ouverture de la pêche et de la chasse; le temps de la pipée et de la tendue au bois, des nasses et des verveux à la rivière.

Le vieil horloger Baure, de Phalsbourg, arrivait comme autrefois, avec sa grande gaule et son sac à truites; Laflèche, Vignerel et d'autres, avec leurs pipeaux et leurs gluaux; les messieurs de Saverne, avec leurs chiens et leurs fusils; on sifflait, on criait; on tirait des lièvres et de temps en temps un chevreuil; ensuite tout ce monde venait casser une croûte et se rafraîchir à la maison forestière; l'odeur de la friture et des bonnes omelettes au lard se répandait jusqu'au jardin; on gagnait quelques sous à la maison.

Toutes ces choses, tu les connais, je n'ai pas besoin de t'en parler.

Mais cette année, nous vîmes arriver aussi des quantités de bûcherons du Palatinat, de la Bavière et de plus loin; de grands gaillards solides, le sac au dos, les guêtres à boutons d'os aux jambes, qui se rendaient à Niederviller, à Lunéville, à Toul, travailler dans les coupes. Ils passaient par bandes, la veste pendue au manche de la hache, sur l'épaule.

Ces gens vidaient leur chopine de vin en passant; c'étaient de joyeux vivants, qui remplissaient la salle de la fumée de leurs grosses pipes de porcelaine, s'informant de tout, riant et se gobergeant, comme il arrive à ceux qui ne sont pas embarrassés de gagner leur vie.

Naturellement, j'étais content de les voir s'arrêter chez nous, cela faisait rouler le commerce.

Je me rappelle de ce temps une chose qui montre bien l'aveuglement des pauvres d'esprit, ignorant ce qui se passe à vingt lieues de chez eux, et qui se fient au gouvernement, sans penser à rien; une chose dont j'ai honte, car nous allions jusqu'à rire des hommes de bon sens qui nous avertissaient d'être sur nos gardes.

Un jour, toute notre maison était remplie de gens arrivés de la ville et des environs; quelques-uns de ces étrangers se trouvaient aussi dans le nombre. On causait, on buvait, et l'un de ces grands Bavarois, à favoris rouges et grosses moustaches, devant la fenêtre s'écriait :

« Quel beau pays! Quels magnifiques sapins!... Qu'est-ce que ces vieilles ruines là-haut... et ce petit bois là-bas... et ce sentier à droite... et ce défilé à gauche, entre les rochers?... Ah! je n'ai jamais vu de pays pareil, pour le regain, pour les arbres fruitiers, et la belle pente des eaux. C'est gras, c'est vert. Est-ce qu'il n'y a pas un clocher derrière ce petit bois?... Comment s'appelle ce joli village? »

Moi, content d'entendre cet homme s'extasier sur notre vallée, je lui rendais compte de tout en détail.

Baure, Dürr, Vignerel parlaient entre eux; ils fumaient, ils allaient voir à la cuisine si l'omelette était bientôt prête, sans s'inquiéter du reste.

Mais, près de l'horloge se trouvait le capitaine Rondeau, revenu depuis quelques mois au pays, avec sa retraite, un homme grand, sec, les joues creuses, la redingote noire boutonnée jusqu'au menton, souffrant toujours de ses blessures d'Afrique, de Crimée, d'Italie; il écoutait sans rien dire et buvait une tasse de lait, parce que le docteur Semperlin lui avait défendu de prendre autre chose.

Cela durait depuis une bonne heure, quand les Bavarois, ayant vidé leurs chopines, se remirent en route. Je les suivis dehors sur la porte, pour leur montrer le sentier de Biegelberg; le grand roux riait, montrant ses dents d'un air joyeux; finalement, il me serra la main et me cria : « Merci! » en rejoignant sa bande.

Or, tandis qu'ils s'en allaient, le capitaine Rondeau, appuyé sur sa canne, était là sur la porte, qui les regardait s'éloigner, les yeux brillants et les lèvres serrées.

« Qu'est-ce que ces gens-là, père Frédéric? me dit-il. Vous les connaissez?

— Ça, capitaine, lui répondis-je, ce sont des Allemands, des bûcherons. Je ne les connais pas autrement; mais je sais qu'ils vont du côté de Toul, travailler pour le compte de quelques entrepreneurs du pays.

— Pourquoi ne prennent-ils pas des Français, ces entrepreneurs?

— Ah! c'est que ces bûcherons sont à meilleur marché que les nôtres; ils travaillent à moitié prix. »

Le capitaine fronçait le sourcil, et tout à coup il me dit :

« Ce sont des espions... des gens qui viennent observer la montagne.

— Comment! des espions, répondis-je tout étonné; qu'est-ce qu'ils ont donc à espionner chez nous? Est-ce que nos affaires les regardent?

— Ce sont des espions prussiens, dit-il d'un ton sec; ils viennent relever nos positions. »

Alors je crus presque qu'il voulait se moquer de moi, et je lui dis :

« Mais, capitaine Rondeau, tous les plans sont relevés, chacun peut acheter les cartes du pays, à Strasbourg, à Nancy, partout. »

Mais lui, me regardant de travers, s'écria:

« Les cartes!... Les cartes!... Est-ce que vos cartes disent combien de foin, de paille, de blé, d'avoine, de vin, de bœufs, de chevaux et de voitures on peut réquisitionner dans chaque village, pour une troupe en marche? Est-ce qu'elles vous racontent où demeurent le maire, le curé, le maître de poste, le receveur des contributions, pour mettre la main dessus d'une minute à l'autre? Où se trouvent les écuries pour loger les chevaux, et mille choses utiles à connaître d'avance? Des cartes!... Est-ce que vos cartes vous donnent la profondeur des cours d'eau, la situation des gués? Est-ce qu'elles vous indiquent les guides qu'il faut prendre; les gens qu'il faut empoigner, parce qu'ils pourraient soulever la population? »

Et comme je restais les bras pendants, surpris de ces choses auxquelles je n'avais jamais pensé, le père Baure s'écria de la salle :

« Eh! mon Dieu, capitaine, qui donc peut avoir envie de venir nous attaquer? Les Allemands!... Ha! ha! ha! qu'ils viennent.... qu'ils viennent!... Nous les recevrons bien! Pauvres diables.... Je ne voudrais pas être dans leur peau.... Ha! ha! ha! on les arrangerait.... Il n'en sortirait pas un seul de la montagne! »

Tous les autres riaient et criaient :

« Oui.... oui.... qu'ils arrivent.... qu'ils essayent.... nous les recevrions! »

Alors le capitaine, rentrant dans la salle et

regardant le gros Fischer, qui criait le plus fort, lui demanda :

« Vous les recevriez !... Avec quoi ?... Savez-vous ce que vous dites ?... Où sont nos troupes, nos approvisionnements, nos armes, où, où, où ? je vous le demande. Et savez-vous combien ils sont, ces Allemands ? Savez-vous qu'ils sont un million d'hommes exercés, disciplinés, organisés, prêts à partir en quinze jours, artillerie, cavalerie, infanterie ! Savez-vous cela ?... Vous les recevriez !...

— Oui, cria le père Baure; Phalsbourg avec Bitche, Lichtenberg et Schlestadt les arrêteraient pendant vingt ans. »

Le capitaine Rondeau ne se donna pas seulement la peine de lui répondre, et montrant par la fenêtre les bûcherons qui s'en allaient, il me dit :

« Regardez, père Frédéric, regardez !... Est-ce que ce sont là des bûcherons ? Est-ce que nos bûcherons marchent en rang, est-ce qu'ils emboîtent le pas, est-ce qu'ils ont les épaules effacées, la tête droite, est-ce qu'ils obéissent à un chef en serre-file ? Est-ce que nos bûcherons à nous et tous les bûcherons des montagnes n'ont pas le dos rond et la marche lourde ? Ces gens-là ne sont pas même des montagnards, ils arrivent de la plaine; ce sont des espions, oui, des espions, et je vais les faire arrêter. »

Et sans écouter ce qu'on pouvait lui répondre, jetant quelques sous sur la table, pour sa tasse de lait, il partit brusquement.

Il était à peine dehors, que tous ceux qui se trouvaient là éclatèrent de rire. Je leur fis signe de se taire, que le capitaine pouvait encore les entendre ; alors ils se serrèrent les côtes, en soufflant du nez et disant :

« Quelle farce !... quelle farce !... Les Allemands venir nous attaquer ! »

Le père Baure, en s'essuyant les yeux avec son mouchoir, disait :

« C'est un brave homme, mais que voulez-vous, il a reçu un atout à Malakof; depuis, l'horloge est dérangée, elle marque midi à quatorze heures. »

Les autres recommencèrent à rire comme de véritables fous, de sorte que moi-même, Georges, je pensai que le capitaine n'avait pas le sens commun.

Voilà ce qui me revient comme si cela s'était passé hier ; et deux ou trois jours après, ayant appris que le capitaine avait fait arrêter les bûcherons à la gare de Lutzelbourg, et que leurs livrets étant en règle, ils avaient obtenu l'autorisation de poursuivre leur route en Lorraine, malgré toutes les réclamations et les observations de M. Rondeau, je crus que le pauvre homme avait décidément la tête fêlée.

Chaque fois que Baure venait à la maison forestière, il retombait sur le chapitre des espions allemands et me faisait du bon sang. Mais aujourd'hui nous avons fini de rire, et je suis sûr que les malins de Phalsbourg ne se frottent plus les mains, quand le *feldwébel* fait siffler sa baguette, en criant aux conscrits sur la place d'armes : *Gewehr auf!* — *Gewehr ab!* Je suis sûr que cette vue leur a rappelé plus d'une fois les avertissements du capitaine.

CHAPITRE V

Ce que je te raconte se passait à la fin de l'automne de 1869, la vallée était déjà pleine de brouillards; l'hiver arriva bientôt après, la neige se mit à tourbillonner devant les vitres, le feu à pétiller dans le fourneau, et le rouet de Marie-Rose à bourdonner du matin au soir, au tic-tac monotone de la vieille horloge.

J'allais, je venais, en fumant ma pipe et rêvant à ma retraite. Marie-Rose y rêvait aussi sans doute. Jean Merlin me parlait quelquefois d'avancer le mariage, ce qui m'ennuyait beaucoup, car moi je n'ai jamais eu qu'une parole; et puisque nous étions convenus de célébrer les noces le jour de sa nomination, je ne voyais pas pourquoi nous serions revenus sur des affaires décidées.

Enfin les jeunes gens étaient pressés; l'ennui de la saison et l'impatience de la jeunesse en étaient cause.

Depuis deux mois, Baure, Vignerel, Dürr et les autres ne venaient plus; les arbres ployaient sous le givre, personne ne passait plus que de loin en loin dans la vallée. L'histoire des espions du capitaine, qui m'avait fait tant rire, m'était sortie de l'esprit, lorsqu'une chose extraordinaire me prouva clairement que ce vieux soldat n'avait pas eu tort de se méfier des Prussiens, et que d'autres gens encore songeaient à faire de mauvais coups, des gens élevés en grade, en qui reposait toute notre confiance.

Cette année-là, plusieurs troupes de sangliers ravageaient le pays; ces animaux fourrageaient dans les nouveaux semis; ils labouraient les bois pour trouver des racines, et descendaient toutes les nuits retourner les champs autour des fermes et des hameaux.

Les paysans ne finissaient pas de crier et de se plaindre, quand enfin on apprit que M. le baron Pichard était arrivé pour organiser une battue générale. Je reçus en même temps l'ordre d'aller le rejoindre à son rendez-vous du Rôthfelz, avec les meilleurs tireurs de la brigade et le plus de traqueurs des environs que je pourrais emmener.

C'était en décembre. Je partis avec Merlin, le grand Kern, Donadieu, Trompette, quinze ou vingt traqueurs; et le soir nous trouvâmes là-haut tous les invités de M. le baron remplissant déjà les chambres de la petite baraque, couchant sur la paille, mangeant, buvant et se gobergeant, comme à l'ordinaire.

Mais tu connais ces choses, Georges; tu connais aussi la baraque du Rôthfelz, les cris des traqueurs, les aboiements des chiens, et le danger des invités, qui tirent à tort et à travers dans les lignes et hors des lignes, se figurant toujours à la fin avoir tué la grosse bête. Nous autres gardes, nous avions toujours manqué... Tu connais cela, c'est toujours la même histoire.

Tout ce que je veux te dire, c'est qu'après la chasse, où quelques gros sangliers et quelques marcassins étaient tombés, on fit un festin extraordinaire dans la baraque. Les voitures du baron avaient amené de tout en abondance : vin, kirsch, pain blanc, pâtés, sucre, café, cognac, et naturellement vers minuit, après avoir couru dans la neige, bu, mangé, crié, chanté, la partie de plaisir prenait une belle tournure.

Nous autres, nous étions dans la cuisine, rien ne nous manquait non plus. La porte de la salle restant ouverte pour renouveler l'air, nous entendions tout ce que les invités se disaient, d'autant plus qu'ils criaient comme des aveugles.

J'avais remarqué dans le nombre un grand gaillard sec, le nez crochu, les yeux noirs, la moustache fine, bien serré dans sa veste et les jambes nerveuses dans ses hautes guêtres de cuir, qui maniait son petit fusil avec une justesse singulière; je m'étais dit :

« Celui-là, Frédéric, n'a pas l'habitude de rester assis devant un bureau et de se chauffer les mollets auprès du poêle; c'est bien sûr un soldat, un officier supérieur! »

Il était posté près de moi le matin, et ses deux coups de feu n'avaient pas manqué. Je le considérais donc comme un vrai chasseur, et il l'était. Il savait aussi boire sec, car, vers minuit, les trois quarts des invités dormaient déjà dans tous les coins; et sauf lui, le baron Pichard, M. Tubingue, le plus gros et l'un des plus riches vignerons d'Alsace, M. Jean-Claude Ruppert, le notaire, qui peut boire deux jours de suite sans changer de couleur, ni dire une parole plus vite que l'autre, et M. Mouchica, le marchand de bois, dont l'habitude est de griser tous ceux avec lesquels il a des affaires, sauf ceux-là, les autres invités, étendus sur leur botte de paille, avaient tous quitté la partie.

Alors une grande conversation venait de commencer; le baron disait que les Allemands espionnaient l'Alsace, qu'ils avaient des agents partout, soit comme domestiques, soit comme voyageurs de commerce ou colporteurs; qu'ils levaient les plans des chemins, des sentiers, des forêts; qu'ils entraient même dans nos arsenaux, envoyant régulièrement des notes au pays; qu'ils avaient fait la même chose dans le Schleswig-Holstein avant de commencer la guerre, et puis en Bohême, avant Sadowa; qu'il fallait se méfier d'eux, etc.

Le notaire et M. Mouchica soutenaient qu'il avait raison, que c'était grave, et que notre gouvernement devrait prendre des mesures pour arrêter cet espionnage.

Naturellement nous autres, entendant cela, nous écoutions, quand l'officier se mit à rire tout haut, disant qu'il croyait d'autant plus ce que racontait M. le baron, que nous faisions le même exercice en Allemagne; que nous avions des officiers du génie dans toutes leurs places fortes, et des officiers d'état-major dans toutes leurs vallées. M. Tubingue ayant dit alors que ça n'était pas possible, que pas un officier français ne voudrait aller rouler de la sorte, à cause de l'honneur militaire....

« Comment.... comment.... vous en êtes là?..... dit l'officier en riant encore plus fort. Mais, mon cher monsieur, la guerre, en ce temps-ci, qu'est-ce que c'est? C'est un art, un jeu, une partie ouverte; on se regarde, on tâche de deviner les cartes de son adversaire. Tenez, moi, oui, moi qui vous parle, j'ai parcouru tout le Palatinat en qualité de commis voyageur; je vendais du vin de Bordeaux à ces bons Allemands! »

Puis, recommençant à rire, ce monsieur raconta tout ce qu'il avait vu sur son chemin, absolument comme le capitaine Rondeau avait dit que les Prussiens faisaient chez nous, ajoutant que nous étions prêts, et qu'on n'attendait plus qu'une bonne occasion, pour empoigner la rive gauche du Rhin.

En entendant cela, mes gardes, assis autour de l'âtre, se mirent à trépigner de joie,

Je redevins jeune comme au temps de mon mariage (p. 18).

comme si leur fortune avait été faite ; et presque aussitôt la porte se referma, nous n'entendîmes plus rien.

Moi, je sortis prendre l'air, car la bêtise du grand Kern, de Trompette et des autres me dégoûtait.

Il faisait très-froid dehors, la lune au-dessus des vieux sapins hérissés regardait entre les nuages.

« Qu'est-ce que vous avez, brigadier ? me demanda Merlin, qui m'avait suivi, vous êtes tout pâle... Est-ce que vous vous sentez mal ?

— Oui, la bêtise de Trompette et des autres me bouleverse, lui répondis-je. Je voudrais bien savoir ce qui les fait trépigner. Et vous aussi, Merlin, vous m'étonnez ! Vous trouvez cela beau, d'envahir le pays de nos voisins ; d'empoigner le vin, le blé, le foin, la paille de pauvres gens qui ne nous ont pas fait de mal.. Vous trouvez beau de prendre leur pays et de les rendre Français malgré eux. C'est un jeu, ça... vous trouvez que c'est un jeu !... Voudriez-vous devenir Allemand, vous ? Voudriez-vous obéir aux Prussiens, et mettre de côté votre patrie pour une autre ? Quel profit aurions-nous d'avoir fait un coup pareil ? Est-ce que cela nous rendrait plus riches, d'arracher l'âme de nos voisins ? Est-ce que cela nous laisserait une bonne conscience ? Eh bien, moi, je ne voudrais pas, pour l'honneur de notre nation, un centime ni un pouce de terre mal acquis. Je ne veux pas croire ce que dit ce monsieur. Si c'est vrai, tant pis ! Quand même nous serions les plus forts aujourd'hui,

C'est le bruit du canon!... (p. 20).

les Allemands ne penseraient de père en fils qu'à se venger, à rentrer dans leurs droits, à réclamer leur sang. Est-ce que le bon Dieu serait juste de les abandonner? Il n'y a que des êtres sans cœur et sans religion, capables de le croire; des joueurs qui se figurent bêtement qu'on gagne toujours. Nous voyons pourtant bien que les joueurs finissent tous sur un fumier.

— Père Frédéric, me dit Merlin, ne soyez pas fâché contre moi. Je n'avais jamais pensé à tout ça; c'est juste! Mais vous êtes trop en colère pour rentrer dans la cuisine.

— Oui, lui dis-je, allons dormir, cela vaudra mieux que de boire; il reste encore de la place dans la grange. »

C'est ce que nous fîmes, et nous repartîmes le lendemain au petit jour.

Je ne te dis pas un mot, Georges, qui ne soit vrai; j'ai toujours mis la justice au-dessus de tout; et même dans ce moment, où j'ai perdu ce que j'avais de plus cher au monde, je répète les mêmes choses : j'aime mieux, dans ma grande misère, être privé du fruit de mon travail depuis trente ans, que d'avoir perdu l'amour de la justice.

CHAPITRE VI

Après cela, l'hiver se passa comme à l'ordinaire : de la pluie, de la neige, de grands

coups de vent à travers les arbres dépouillés, des sapins déracinés, des roches éboulées couvrant de terre les chemins au bas de la côte. C'est ce que j'avais vu depuis vingt-cinq ans.

Et tout doucement aussi le printemps reparut. Le bétail redescendit s'abreuver à la rivière ; Calas se remit à chanter en claquant du fouet, et le coq à battre des ailes sur le petit mur de la cour, au milieu de ses poules, en remplissant de sa voix claire tous les échos de la vallée.

Ah! comme tout cela me revient, Georges, et que ces choses, auxquelles je ne faisais pas attention, me paraissent belles aujourd'hui, dans cette mansarde.

C'était notre dernier printemps à la maison forestière.

Marie-Rose, chaque matin, en petite jupe, son fichu bien propre croisé sous les bras, descendait au jardin avec sa corbeille et le vieux couteau terreux, pour cueillir les premiers légumes. Elle relevait, en passant, la bordure de buis des petites allées et rattachait à leur piquet les brindilles défaites de nos rosiers. Je voyais de loin Jean Merlin s'avancer d'un bon pas dans le sentier de la prairie, longeant les vieux saules; je l'entendais crier :

« Marie-Rose! »

Aussitôt elle se redressait, se dépêchant d'aller à sa rencontre. Ils s'embrassaient et revenaient tout riants, bras dessus, bras dessous. J'étais content, je me disais :

« Ils s'aiment bien.... Ce sont de braves enfants! »

La grand'mère Anne, presque toujours enfermée dans sa chambre, regardait aussi, penchée dans la petite fenêtre entourée de lierre, les yeux plissés, sa vieille figure ridée de satisfaction; elle m'appelait :

« Frédéric?

— Quoi, grand'mère?

— Je redeviens jeune comme au temps de mon mariage. C'était l'année de la comète, où l'on a fait de si bon vin, avant le grand hiver de Russie; vous avez entendu parler de ça, Frédéric, tous nos soldats ont gelé.

— Oui, grand'mère. »

Elle aimait à se rappeler ces histoires lointaines, et nous ne pensions pas qu'il nous faudrait bientôt en voir de semblables.

Les bonnes gens de Phalsbourg, les plus pauvres, comme le père Maigret, le vieux Paradis, le grand-père Lafougère, tous d'anciens soldats, sans autres moyens d'existence que la bourse des pauvres et leur médaille de Sainte-Hélène, commençaient à revenir chercher des champignons au bois; ils les connaissaient tous chacun selon son espèce, depuis la morille jusqu'au gros Polonais; ils ramassaient aussi des fraises et des mûres. Les fraises des bois, qui sont les meilleures, se vendaient en ville à deux sous le litre, les champignons à trois sous le petit panier.

La prairie en bas, au bord de la rivière, leur donnait aussi de la salade en quantité. Que de fois ces pauvres vieux reins étaient forcés de se courber, pour gagner un sou!

Et tous les ans nous recevions encore l'ordre d'appliquer plus sévèrement les règlements forestiers, d'empêcher de ramasser les feuilles mortes et les faînes, autant dire les pauvres gens de vivre.

Tout alla donc ainsi jusqu'à la fenaison, où se fit sentir la grande sécheresse; elle dura jusqu'à la fin de juillet; on craignait pour les pommes de terre.

Quant au plébiscite, je ne t'en parle pas, ces choses-là ne nous inquiétaient pas beaucoup, nous autres gardes forestiers. Un beau matin, nous avions reçu l'ordre d'aller à la Petite-Pierre, et toute la brigade, après s'être réunie chez moi, était partie ensemble en grande tenue, pour voter *oui*, comme on nous l'avait ordonné. Puis, étant entrés à l'auberge des Trois-Pigeons, nous avions bu un bon coup à la santé de l'Empereur, à la suite de quoi chacun avait repris le chemin de sa maison, et le lendemain personne n'y pensait plus.

Les gens ne se plaignaient que d'une chose, au Graufthâl, à Dôsenheim, à Echbourg, etc., c'est qu'il ne tombait pas d'eau. Mais dans le fond de la vallée, ces temps secs étaient justement les plus beaux et les plus riches; l'humidité ne manquant jamais, l'herbe poussait à foison, et tous les oiseaux d'Alsace, merles, grives, bouvreuils, ramiers, avec leurs jeunes nichées, s'ébattaient chez nous comme dans une volière.

C'était aussi le meilleur temps qu'on pût souhaiter pour la pêche, car lorsque les eaux sont basses, les truites remontent aux sources vives, sous les roches, où l'on va les prendre à la main.

Tu penses bien que les pêcheurs ne manquaient pas. Marie-Rose n'avait jamais eu plus d'omelettes à faire, ni de fritures. Elle veillait à tout, et répondait en courant aux compliments qu'on lui faisait sur son prochain mariage. Elle était fraîche comme une rose; rien que de la voir, Jean Merlin avait les yeux humides d'attendrissement.

Qui se serait figuré, dans ce temps, que nous allions avoir la guerre avec les Prussiens? Quel intérêt avions-nous à cela? D'ailleurs tout le monde ne disait-il pas que le plébiscite avait été voté pour maintenir la paix! Une idée pareille était donc bien loin de notre esprit, quand, un soir de juillet, le petit juif David, revenant d'acheter un veau à Dôsenheim, me dit en passant :

« Vous savez la grande nouvelle, brigadier ?

— Non. Qu'est-ce que c'est?

— Eh bien, les gazettes de Paris racontent que l'Empereur veut déclarer la guerre au roi de Prusse. »

Je ne pouvais pas le croire; d'autant moins que le marchand de bois Schatner, revenu quelques jours avant de Sarrebrück, m'avait raconté que là-bas tout le pays fourmillait de troupes, cavalerie, infanterie, artillerie; que les bourgeois eux-mêmes avaient chacun leur sac, leur fusil, leur équipement complet garni d'étiquettes et de numéros, bien en ordre sur des rayons, dans une grande baraque, et qu'au premier signe du *hauptmann*, ces gens n'auraient qu'à s'habiller, à recevoir des cartouches et à monter en chemin de fer, pour nous tomber sur le dos en masse. Nous autres, nous n'avions rien du tout, ni dans nos villes, ni dans nos villages, de sorte que le simple bon sens me faisait penser qu'on n'allait pas déclarer la guerre à ces Allemands, avant de nous avoir mis en état de nous défendre.

Je levai donc les épaules, quand le juif vint me rapporter une chose aussi bête, et je lui dis :

« Est-ce que tu prends l'Empereur pour un imbécile? »

Mais lui s'en lalait, tirant son veau par la corde, en disant :

« Attendez.... attendez, brigadier; vous verrez.... ça ne durera pas longtemps. »

Tout ce qu'il pouvait me dire sur ce chapitre, ou rien du tout, revenait au même; et Jean Merlin étant venu le soir, comme à l'ordinaire, causer avec nous, je n'eus pas même l'idée de lui en parler.

Malheureusement, huit ou dix jours après, la chose était devenue certaine; on rappelait tous les congédiés, on disait même que les Bavarois avaient coupé des fils télégraphiques en Alsace, que des troupes innombrables passaient à Saverne, et que d'autres campaient à Niederbronn.

Tout à coup le bruit courut qu'on s'était battu du côté de Wissembourg, et le soir du même jour, des habitants de Neuwiller, se sauvant avec leurs meubles sur des voitures à Lutzelstein, racontèrent à la porte de la maison, sans vouloir entrer, que plusieurs de nos bataillons avaient été massacrés, que le général d'avant-garde était resté sur le terrain, que Wissembourg brûlait et que nos troupes se retiraient du côté de Bitche.

Ces bourgeois étaient comme effarés; au lieu de continuer leur chemin vers la Petite-Pierre, l'idée leur vint tout à coup que cette place n'était pas assez forte, et, malgré le détour de trois lieues qu'ils avaient fait, toute la bande, hommes et femmes, se mit à grimper la côte du Fâlberg, pour se sauver à Strasbourg.

Alors la désolation fut chez nous. Merlin et sa mère vinrent causer de ces mauvaises nouvelles à la maison. La grand'mère gémissait. Moi, je disais qu'il ne fallait pas se désoler ; que jamais les Allemands n'oseraient se hasarder dans nos bois; qu'ils ne connaissaient pas les chemins, et d'autres raisons pareilles, qui ne m'empêchaient pas d'être très-inquiet moi-même, car tout ce que nous avait dit un an avant le capitaine Rondeau me revenait; les bûcherons qu'il avait fait arrêter à Lutzelbourg défilaient devant mes yeux ; et puis j'étais humilié d'apprendre que des Badois et des Bavarois avaient battu des Français à la première rencontre. Je pensais bien qu'ils s'étaient réunis dix contre un, mais le chagrin n'en était pas moins grand.

Ce fut notre première mauvaise nuit; je ne pouvais pas dormir, et j'entendais aussi Marie-Rose, dans sa petite chambre à côté, se lever, ouvrir la fenêtre et regarder.

Tout dehors se taisait, comme si rien n'était arrivé; pas une brindille ne remuait, tant l'air était calme; quelques cigales nasillaient même sur la terre encore chaude six heures après le coucher du soleil, et, le long de la rivière, des grenouilles faisaient entendre leur chant traînard.

L'agitation intérieure m'empêchait de dormir. Sur les quatre heures, Ragot se mit à japer en bas dans l'allée ; quelqu'un toquait contre la porte. Je m'habillai, et deux minutes après je descendais ouvrir.

Un homme, le fils Klein-Nickel, de la Petite-Pierre, m'apportait un ordre de M. l'inspecteur Laroche de venir sans retard.

Marie-Rose était descendue. Je ne pris que le temps de casser une croûte, et puis je partis, mon fusil en bandoulière. A sept heures, j'étais à la porte de M. Laroche, et j'entrais. Monsieur l'inspecteur, assis à son bureau, écrivait.

« Ah! c'est vous, Frédéric, fit-il en déposant sa plume, asseyez-vous. Nous avons d'assez mauvaises nouvelles; vous savez que notre petit corps détaché en observation près de Wissembourg a subi un échec?

— Oui, monsieur l'inspecteur.

— On s'est laissé surprendre, dit-il; mais ce n'est rien, ça n'arrivera plus. »

Il paraissait tranquille comme à l'ordinaire, et dit que dans toutes les guerres il y avait des hauts et des bas; qu'un premier engagement malheureux ne signifiait pas grand'chose, mais qu'il était toujours bon de prendre ses précautions en cas d'événements plus graves, impossibles à prévoir; qu'il s'agissait donc de prévenir tous les hommes de ma brigade et ceux que nous employions aux travaux des chemins forestiers, d'être prêts à marcher avec leurs pioches, leurs pelles et leurs haches, au premier commandement, parce qu'il serait peut-être nécessaire de faire sauter des roches et de couper les chemins, au moyen de tranchées et d'abatis.

« Vous comprenez, dit-il en me voyant un peu troublé, vous comprenez, père Frédéric, que ce sont de simples mesures de prévoyance, rien n'est menaçant; le maréchal de Mac-Mahon se concentre près de Haguenau, tout est en mouvement, nous n'avons rien à craindre d'immédiat; mais le principal, c'est d'être prêt en cas de besoin; quand tout est prêt, on agit rapidement et sûrement. Je puis recevoir un ordre du général de Failly de couper les routes, et, dans un cas pareil, il faut que l'ordre s'exécute en quelques heures.

— Ce ne sera pas long, monsieur l'inspecteur, lui répondis-je, partout des rochers se penchent sur nos chemins; en tombant, ils entraîneront tout au fond des vallées.

— Justement, dit-il. Mais d'abord il faut que notre monde soit prévenu. La poudre de mine ne nous manque pas; si l'ordre arrive, tous mes collègues ayant pris les mêmes mesures, ce sera l'affaire d'une journée de Bitche à Dabo; pas un canon, pas un caisson ne passera d'Alsace en Lorraine. »

Voilà ce qu'il me dit, en me reconduisant jusqu'à la porte, et en me donnant une bonne poignée de main.

Comme je m'en allais tout pensif, j'aperçus sur les hauteurs de l'Altenberg quelques soldats en train de planter une ligne de palissades le long de la côte. Le plus grand trouble régnait au faubourg, les gens couraient d'une maison à l'autre chercher des nouvelles; deux ou trois compagnies d'infanterie campaient dans un champ de pommes de terre.

Tout ce jour et le lendemain je ne fis que porter les ordres de M. l'inspecteur, de la Frohmühle à Echbourg, d'Echbourg à Hangeviller, au Graufthâl, à Metting, etc., prévenant chacun de ce qu'il aurait à faire, des endroits où l'on se réunirait, des rochers qu'il faudrait attaquer.

Enfin, le second jour je rentrai tellement las à la nuit, qu'il me fut impossible de manger, ni même de m'endormir pendant quelques heures. Pourtant, vers le matin, j'avais fini par tomber dans un profond sommeil, quand Marie-Rose, entrant dans ma chambre, m'éveilla en ouvrant la fenêtre du côté de Dôsenheim.

« Ecoute, mon père, dit-elle d'une voix tremblante, écoute ce bruit.... Qu'est-ce que c'est? On n'entend plus que cela dans la vallée!.... »

J'écoutai; c'était un bourdonnement sans fin, qui remplissait la montagne et couvrait de temps en temps le murmure des bois.

Il ne me fallut pas longtemps pour comprendre ce que cela signifiait, et je répondis:

« C'est le bruit du canon!.... On se bat à sept ou huit lieues d'ici, du côté de Wœrth; c'est une grande bataille! »

Aussitôt Marie-Rose descendit, et, m'étant habillé, je la suivis dans la salle en bas, où se trouvait aussi la grand'mère, dont le menton tremblait, et qui me regardait avec des yeux tout ronds.

« Ce n'est rien, leur dis-je, n'ayez pas de crainte; quoi qu'il arrive, jamais les Allemands ne viendront jusqu'ici. Nous avons de trop bons endroits pour défendre nos défilés. »

Mais j'étais bien loin d'avoir confiance moi-même.

Les coups de canon redoublaient quelquefois comme le roulement lointain d'un orage; puis ils s'affaiblissaient, et l'on n'entendait plus que le bruissement des feuilles, les jappements de Ragot devant la porte, le cri d'un canard dans les saules de la rivière. Ces voix de la solitude, lorsqu'on songeait à ce qui se passait derrière le rideau des forêts, avaient quelque chose d'extraordinaire.

J'aurais voulu courir sur les rochers, voir au moins ce qui se passait de l'autre côté, dans la plaine, mais l'ordre de commencer les abatis pouvait arriver d'une minute à l'autre, j'étais forcé de rester.

Cela dura jusqu'à trois heures de l'après-midi.

Je me promenais, tâchant de faire bonne mine, pour ne pas effrayer les femmes.

Cette journée du 6 août fut bien longue; même aujourd'hui, que tant d'autres chagrins nous ont accablés, je n'y pense qu'avec un serrement de cœur.

Le plus terrible moment fut encore quand tout à coup ce bruit sourd, que nous entendions depuis le matin, cessa. Nous écoutions à la fenêtre du jardin. Mais plus un souffle, plus un soupir, autres que ceux de la vallée, n'arrivaient jusqu'à nous.

Au bout de quelques minutes seulement, je dis :

« C'est fini..... la bataille est terminée.... A cette heure, les uns se sauvent, et les autres poursuivent.... Dieu veuille que nous ayons gagné. »

Et jusqu'au soir pas une âme ne parut dans les environs. Après le souper, on alla se coucher, dans l'inquiétude.

Le lendemain fut un jour triste ; le ciel s'était couvert, il finit par pleuvoir après deux mois de sécheresse ; la pluie tombait lourde et continue; les heures se passaient lentement, l'ordre de commencer les abatis n'arrivait pas ; je me disais :

«C'est bon signe !... Tant mieux !... Si nous avions perdu, l'ordre serait arrivé de grand matin. »

Mais nous n'avions aucune nouvelle, et sur les trois heures, n'y tenant plus d'impatience, je dis à Marie-Rose et à la grand'mère :

« Ecoutez, cela ne peut plus durer, il faut que j'aille voir à la Petite-Pierre ce qui se passe. »

Je mis mon caban de toile cirée, et je partis sous la pluie toujours plus forte. Dans nos terrains sablonneux, l'eau coule et ne détrempe pas le sol. J'arrivai vers six heures à la Petite-Pierre, où tout le monde se tenait enfermé dans les maisonnettes. A la pointe du vieux fort, dans les airs, veillait une sentinelle hors de sa guérite.

Quelques instants après, j'entrais dans le bureau de M. l'inspecteur. Il était là seul, se promenant la tête penchée, l'air soucieux ; et comme je relevais mon capuchon, il me dit en s'arrêtant :

« C'est vous, père Frédéric ! Vous venez chercher des nouvelles et prendre des ordres?

— Oui, monsieur l'inspecteur.

— Eh bien, les nouvelles sont mauvaises; la bataille est perdue, nous sommes repoussés de l'Alsace, cent cinquante mille Allemands s'avancent pour entrer en Lorraine. »

Un froid m'avait passé le long du dos, et, comme il se taisait, je murmurai :

« Tout est prêt, monsieur l'inspecteur, il ne s'agit plus que de distribuer la poudre de mine et de commencer les abatis ; nous sommes tous prêts, nous attendons. »

Alors, souriant avec amertume, sa grosse chevelure brune ébouriffée, il s'écria :

« Oui.... oui.... nous sommes tous comme cela !.... Le moment presse, la retraite continue par Bitche et Saverne, l'ennemi lance ses éclaireurs dans toutes les directions, et l'ordre ne vient pas !... »

Je ne répondais rien, et lui, s'asseyant, s'écria :

« Au fait, pourquoi vous cacher la chose? Le général de Failly m'a fait répondre que les abatis sont inutiles, que nous n'avons rien à faire. »

J'étais enraciné à ma place. Lui, s'était remis à marcher, les mains croisées sous les basques de sa redingote ; et comme il allait, venait, sans ajouter un mot, je lui demandai :

« Et maintenant, que faut-il faire, monsieur l'inspecteur?

— Rester à son poste, comme de braves gens, dit-il ; je n'ai pas d'autres ordres à vous donner. »

Quelque chose m'étouffait, il le vit, et, me regardant d'un œil humide, il me tendit la main en disant :

« Allons, père Frédéric, du courage !... C'est pourtant agréable de pouvoir se dire, la main sur le cœur : Je suis un brave homme !... Voilà, voilà notre récompense, à nous autres. »

Et je répondis tout attendri :

« Oui, monsieur l'inspecteur, oui, c'est tout ce qui nous reste; celle-là ne nous manquera jamais. »

Il me fit l'honneur de me reconduire jusque dans l'allée, sur la porte de la rue; et me serrant encore une fois la main, il s'écria :

« Du courage ! »

Alors je repartis, descendant la grande vallée. La pluie couvrait l'étang de la Frohmühle, qui frissonnait tout gris entre les saules et les herbages desséchés.

Quant à te raconter les idées qui se suivaient dans ma tête, et combien de fois ma main passa sur ma figure, pour en essuyer les larmes et l'eau qui en découlaient. Quant à te raconter cela, Georges, ce n'est pas dans mes moyens, il en faudrait un plus savant que moi ; je ne me sentais plus, je ne me reconnaissais plus, je me répétais dans le trouble :

« Pas d'ordres !... C'est inutile !... Le général dit que c'est inutile de faire des abatis et de défoncer les routes !... Il veut donc que l'ennemi avance, qu'il passe les défilés !... »

Et je marchais.

La nuit était noire lorsque je rentrai à la maison. Marie-Rose m'attendait, assise près de la table; elle m'observait d'un œil inquiet et semblait me demander : Qu'est-ce qui se passe? Quels ordres avons-nous? »

Mais je ne dis rien, et jetant mon caban tout ruisselant de pluie au dos d'une chaise, secouant ma casquette, je m'écriai :

« Va te coucher, Marie-Rose. Nous ne serons pas troublés cette nuit; va dormir tranquillement : le général de Bitche ne veut pas qu'on se remue. La bataille est perdue, mais nous en aurons une seconde en Alsace, à Saverne, ou plus loin, les chemins doivent rester libres, nous n'avons pas besoin de bouger, les chemins seront bien gardés. »

Je ne sais pas ce qu'elle en pensait; mais, au bout d'un instant, voyant que je ne m'asseyais pas, elle dit :

« J'ai gardé ta soupe près du feu, elle est encore chaude, si tu veux manger, mon père?

— Bah! je n'ai pas faim, lui répondis-je; allons dormir, il est tard, cela vaudra mieux. »

Je ne pouvais plus me contenir, la colère me gagnait.

J'entrai dans l'allée, je poussai les verrous, et prenant la lampe je montai. Marie-Rose me suivait; nous entrâmes dans nos chambres.

J'entendis ma fille se coucher; moi, longtemps encore, le coude sur la table, regardant la petite flamme jaune devant les vitres noires, où s'agitaient les feuilles de lierre sous la pluie, je restai pensif, clignant de l'œil et me disant :

« Frédéric, il y a pourtant des ânes en ce monde, et ceux-là ne sont pas à la queue; ils marchent en tête et conduisent les autres! »

Enfin, comme la nuit s'avançait, vers deux heures, songeant qu'il était inutile de brûler de l'huile pour rien, je me déshabillai et je me couchai en soufflant la lampe.

Or, dans cette nuit même du 7 au 8 août, les Allemands, ayant poussé des reconnaissances au loin et reconnu que tous les passages étaient libres, s'avançaient en masse et s'emparaient des défilés, non-seulement de la Zinzel, mais encore de la Zorn, investissant ainsi la place de Phalsbourg, dont le bombardement commençait le surlendemain.

Ils passaient aussi en Lorraine par le grand tunnel de Hômartin, pendant que notre armée se retirait à marche forcée sur Nancy et puis sur Châlons.

Ainsi les deux grandes armées allemandes de Wœrth et de Forbach se trouvaient réunies, et nous autres nous étions comme engloutis, éloignés de tout secours et même de toute espérance.

Tu peux facilement te représenter cette immense armée du prince Frédéric : Bavarois, Wurtembergeois, Badois, cavalerie, artillerie, infanterie, qui défile par escadrons et par régiments dans notre vallée solitaire; ce torrent d'êtres humains qui va, va toujours devant lui, sans interruption durant toute une semaine; et le canon qui tonne autour de la place, les vieilles roches du Graufthâl qui retentissent d'échos en échos; puis la fumée de l'incendie qui monte au ciel, en formant une voûte sombre au-dessus de nos vallons!

CHAPITRE VII

Après le grand passage des armées allemandes et le bombardement de la ville, des milliers de landwehr vinrent occuper le pays. Ces gens remplissaient tous les hameaux et les villages : ici une compagnie, là deux, plus loin trois ou quatre, commandées par des officiers prussiens. Ils gardaient les routes et les sentiers, ils faisaient des réquisitions de toute sorte : pain, blé, farine, foin, paille, bétail, tout leur était bon; ils se plaisaient au coin du feu, parlaient de leurs femmes et de leurs enfants d'un air d'attendrissement, plaignaient le sort de leurs pauvres frères alsaciens et lorrains et soupiraient de nos misères. Mais tout cela ne les empêchait pas de bien manger et de bien boire à nos dépens, et de s'étendre dans le vieux fauteuil du grand-père ou de la grand'mère, en fumant avec satisfaction les cigares que nous étions forcés de leur fournir! Oui, les belles paroles ne leur coûtaient pas grand'chose. C'est ce que j'ai vu souvent au Graufthâl, à Echbourg, Berlingen, Hangeviller, où le désir d'apprendre des nouvelles me faisait aller de temps en temps, en blouse et le bâton à la main.

Dès les premiers jours de septembre, leur gouverneur général Bismarck-Bohlen vint s'établir à Haguenau, déclarant que l'Alsace avait toujours été un pays allemand, et que Sa Majesté le roi de Prusse rentrait en possession de ses biens; que Strasbourg, Bitche, Phalsbourg, Neuf-Brisach devaient être considérés comme des villes rebelles à l'autorité légitime du roi Guillaume, mais qu'on les mettrait bien vite à la raison, avec les nouveaux obus de cent cinquante kilos.

Voilà, Georges, ce qu'on prêchait ouvertement chez nous, et cela montre que ces Allemands nous prenaient tous pour des bêtes, auxquelles on pouvait raconter les plus mauvaises plaisanteries du monde, sans crainte de se faire rire au nez.

Notre seule consolation était de vivre au milieu des bois, où ces braves gens n'aimaient pas à se hasarder; j'en bénissais le ciel tous les soirs. Mais à peine Bismarck-Bohlen fut-il installé, que nous vîmes passer régulièrement matin et soir des gendarmes à cheval dans la vallée, avec leurs casques et leurs grands manteaux, portant les ordres du gouverneur, et des paquets d'affiches que les maires étaient tenus de poser à la porte des mairies et des églises.

Ces affiches promettaient les meilleurs traitements aux fidèles sujets du roi Guillaume, et menaçaient de mort tous ceux qui prêteraient assistance aux Français, qu'elles appelaient « nos ennemis »! Il était défendu de leur donner du pain et même un verre d'eau dans le malheur, de leur servir de guide, de les cacher dans sa maison; il fallait les livrer, pour être un honnête homme; les conseils de guerre devaient seuls vous juger en cas de désobéissance, et la moindre peine pour ces délits était vingt ans de galères et trente-sept mille francs d'amende!

Avec des moyens pareils, Bismarck-Bohlen pouvait se passer de toutes les autres explications touchant les races, la patrie allemande et les droits de Sa Majesté.

Représente-toi maintenant notre solitude, la crainte des maraudeurs, qu'on n'aurait pas osé repousser, parce qu'ils se seraient présentés au nom du roi. Heureusement cette espèce de gens n'avait pas grand courage; le bruit courait que des francs-tireurs et même des soldats échappés de Wœrth rôdaient aux environs; cela nous préservait des visites de la bonne race, qui nous voulait tant de bien.

On disait aussi que les employés de la partie forestière seraient conservés, qu'on augmenterait même les appointements des anciens gardes et que plusieurs obtiendraient de l'avancement.

Tu comprends mon indignation, lorsque j'entendais répéter de semblables paroles; je n'avais pas oublié les recommandations de notre brave inspecteur; je les rappelais à tous mes hommes chaque fois que l'occasion s'en présentait :

« Il faut rester à notre poste!... La fortune ne sera peut-être pas toujours contre nous.... Que chacun remplisse son devoir jusqu'à la fin.... Je n'ai pas d'autre ordre à vous donner. »

Cet ordre, il l'observait lui-même, restant à la Petite-Pierre, et continuant de remplir ses fonctions.

Strasbourg se défendait; on se battait autour de Metz. De temps en temps, j'envoyais Merlin prendre les avis des supérieurs, et toujours la réponse était : « Rien n'est désespéré.... Nous pouvons avoir à rendre des services d'un moment à l'autre.... Que tout le monde reste! »

Nous attendions donc; et l'automne, toujours si beau dans nos montagnes, avec ses feuilles couleur de rouille, ses grandes futaies silencieuses, où plus un oiseau ne chante, ses prairies nouvellement fauchées, unies comme un tapis à perte de vue, la rivière couverte de glaïeuls et de feuilles mortes, ce grand spectacle, si calme dans tous les temps, avait encore plus de grandeur et de tristesse, au milieu des événements terribles que nous traversions.

Combien de fois alors, écoutant le murmure sans fin des forêts, où passaient les premiers frissons de l'hiver, combien de fois je me suis dit :

« Pendant que tu regardes, Frédéric, ces vieux bois où tout dort, que se passe-t-il là-bas, en Champagne? Que sont devenues ces armées nombreuses, cette cavalerie, cette infanterie, ces canons, tous ces milliers d'êtres acharnés à leur perte, pour la gloire et l'intérêt de quelques-uns? Les verrons-nous repasser en déroute? Resteront-ils couchés dans les brouillards de la Meuse, ou reviendront-ils nous poser le talon sur la nuque? »

Je me représentais de grandes batailles.

La grand'mère aussi, tout inquiète, assise près de la fenêtre, disait :

« Ecoutez, Frédéric, n'entendez-vous rien? »

Et je prêtais l'oreille; ce n'était que le vent dans les feuilles desséchées.

Quelquefois, mais rarement, la ville semblait se réveiller; quelques coups de canon tonnaient dans les échos de Quatre-Vents à Mittelbronn, et puis tout se taisait de nouveau. L'idée de Metz nous soutenait; c'est de là surtout que nous espérions voir arriver du secours.

Mais il faut que je te raconte maintenant une chose qui nous surprit beaucoup, que nous ne pouvions comprendre, et qui malheureusement a fini par devenir trop claire pour nous, comme pour beaucoup d'autres.

Environ quinze jours après l'établissement de Bismarck-Bohlen à Haguenau, un matin, nous vîmes arriver du fond de la vallée une voiture semblable à celles de ces Allemands qui partaient pour l'Amérique, avant l'inven-

Torrent d'êtres humains qui va, va toujours devant lui (p. 22).

tion des chemins de fer, une longue voiture chargée de mille vieilleries : paillasses, dévidoirs, bois de lit, casseroles, lanternes, que sais-je? avec le chien crotté, la femme mal peignée, la nichée d'enfants morveux et le monsieur conduisant lui-même sa haridelle par la bride.

Nous regardions tout étonnés, pensant :

« Qu'est-ce que cela veut dire? Qu'est-ce que ces gens viennent faire chez nous? »

Sous la bâche, près du timon, la femme, déjà vieille, jaune et ridée, le bonnet de travers, épluchait la tignasse de ses enfants, qui fourmillaient dans la paille, des garçons et des filles, tous blond-filasse, joufflus et ventrus comme des mangeurs de pommes de terre.

« Wilhelm, veux-tu rester tranquille, disait-elle. Attends, que je regarde bien! attends, je vois quelque chose; c'est bon, je le tiens.... tu peux te rouler maintenant! Wilhelmine, mets ta tête sur mes genoux.... à chacun son tour.... tu regarderas les sapins plus tard. »

Et le père, un gros homme en capote vert-bouteille qui faisait mille plis dans le dos, les joues pendantes, le petit nez garni de lunettes, les pantalons dans les bottes, et sa grande pipe de porcelaine à la bouche, tirait la pauvre rosse par la bride, en disant à sa femme :

« Herminia, regarde ces forêts, ces prairies, cette riche Alsace.... Nous sommes dans le paradis terrestre. »

Nous regardâmes longtemps comme en rêve (p. 30).

C'était un spectacle dans le genre des Zigeiners; et Merlin étant venu nous voir ce jour-là, nous ne parlâmes que de cela durant la soirée.

Mais nous devions en voir bien d'autres, car le passage de ces étrangers, en vieux cabriolets, paniers à salade, chars à bancs, voitures à deux ou quatre roues réquisitionnées en route, allait continuer longtemps. Depuis celle-ci, dont le souvenir m'est resté, cela ne finit plus; il en passait journellement trois, quatre, cinq, encombrées d'enfants, de vieillards, de jeunes femmes et de jeunes filles fagotées d'une façon singulière, avec des robes qu'il me semblait avoir vues quinze ou vingt ans avant aux dames de Saverne, et de grands chapeaux garnis de roses en papier, sur leurs cheveux jaunes, nattés comme les queues de nos grands-pères.

Et ces gens parlaient toute espèce d'allemand difficile à comprendre. Ils avaient aussi des figures de toute sorte, les unes grosses et bouffies, la barbe vénérable; d'autres en lame de rasoir, la vieille polonaise boutonnée jusqu'au menton, pour cacher la chemise; des êtres aux yeux gris-clair, les favoris roux, durs et hérissés; d'autres petits, ronds, vifs, allant, courant, se démenant; mais tous, à la vue de notre belle vallée, poussaient des cris d'admiration et levaient les mains, hommes, femmes, enfants, comme on raconte des Juifs à leur entrée dans la terre promise.

Ainsi venaient ces gens de toutes les parties de l'Allemagne; ils avaient pris les chemins de fer jusqu'à la frontière; mais toutes nos lignes étant alors occupées par leurs troupes, leurs convois de vivres et de munitions, à partir de Wissembourg ou de Soultz, ils étaient forcés de se faire trimbaler en charrette, à la mode d'Alsace.

Tantôt les uns, tantôt les autres nous demandaient la route pour Saverne, Metting, Lutzelstein; ils descendaient à la source en bas du pont et s'abreuvaient dans une de leurs écuelles ou dans le creux de la main.

Tous les jours ces passages recommençaient. Je me creusais la cervelle pour savoir ce que ces étrangers venaient faire chez nous dans un moment si difficile, où les vivres étaient si rares, où l'on ne savait ce qu'on mangerait le lendemain. Ils n'en soufflaient pas un mot et poursuivaient leur voyage, sous la protection des landwehr qui remplissaient le pays. Nous avons même su par la suite qu'ils participaient aux réquisitions, ce qui leur permettait de faire des économies et de se remonter l'estomac pendant la route.

Or, Georges, tous ces bohémiens d'une nouvelle espèce, dont l'air misérable nous faisait pitié, même au milieu de nos chagrins, étaient les fonctionnaires que l'Allemagne envoyait pour nous administrer et nous gouverner : percepteurs, contrôleurs, greffiers, maîtres d'école, gardes forestiers, qu'est-ce que je sais, moi? Des gens qui dès le mois de septembre et d'octobre, bien avant le traité de paix, arrivaient tranquillement occuper la place des nôtres, en leur disant sans cérémonie :

« Ote-toi de là, que je m'y mette ! »

On aurait dit que c'était entendu d'avance, car il en arriva même avant la reddition de Strasbourg.

Combien de paniers percés, de sacs à bière, de buveurs de *schnaps* (1), tirant le diable par la queue depuis des années et des années dans toutes les petites villes de la Poméranie, du Brandebourg et de plus loin, qui ne seraient jamais rien devenus chez eux et ne savaient plus à qui demander du crédit, combien de ces gens-là sont tombés alors sur la « riche Alsace », ce paradis terrestre promis aux Allemands par leurs rois, leurs professeurs et leurs maîtres d'école!

Au temps dont je te parle, ils étaient encore modestes, malgré les victoires singulières de leurs armées; ils n'étaient pas encore sûrs de conserver cette chance extraordinaire jusqu'à la fin; en comparant leurs vieux habits râpés et leur air minable, à l'aisance des moindres fonctionnaires de l'Alsace et de la Lorraine, ils se disaient sans doute intérieurement.

« Ça n'est pas possible que le Seigneur Dieu ait choisi des gaillards de notre espèce pour remplir d'aussi bonnes places. Quel mérite extraordinaire avons-nous donc, pour jouer le premier rôle dans un pays pareil, que les Français ont cultivé, planté, enrichi d'usines, de fabriques, d'exploitations de toutes sortes... Pourvu qu'ils ne viennent pas le reprendre et nous forcer de retourner à notre *schnaps !* »

Oui, Georges, avec un peu de bon sens et de justice, ces intrus devaient se tenir ce raisonnement; une sorte d'inquiétude se reconnaissait dans leurs yeux et dans leur sourire. Mais une fois Strasbourg rendu, Metz livré, eux commodément installés dans les grandes et belles maisons qu'ils n'avaient pas bâties, couchés dans les bons lits des préfets, des sous-préfets, des juges et d'autres personnages, dont ils ne s'étaient jamais fait même une idée; après avoir levé les impôts sur les bonnes terres qu'ils n'avaient pas ensemencées, et mis la main sur les registres de toutes les administrations qu'ils n'avaient pas établies, voyant l'argent, le bon argent de « la riche Alsace » entrer dans leurs caisses, alors, Georges, ils se crurent réellement présidents de quelque chose, inspecteurs, receveurs, contrôleurs, et l'orgueil allemand, qu'ils savent si bien cacher sous la bassesse quand ils ne sont pas les plus forts, cet orgueil brutal gonfla leurs joues.

Il leur resta toujours, du temps que j'étais encore là-bas, un vieux souvenir de la *Loumpé-Strasse*, qu'ils avaient habitée jusqu'alors. Ce souvenir les rendait très-économes; ils buvaient une chope à deux, et chacun payait sa part; ils disputaient sur des liards avec le cordonnier et le tailleur; ils trouvaient à redire sur toutes les notes, criant qu'on voulait les écorcher; le dernier savetier chez nous aurait eu honte de montrer la ladrerie de ces nouveaux fonctionnaires, qui nous promettaient tant de bien au nom de la patrie allemande, en nous montrant tant d'avarice et même de crasse abominable. Cela dénotait à quelle race nous avions affaire.

CHAPITRE VIII

Un jour, à la fin du mois d'octobre, un des gendarmes de Bismarck-Bohlen qui passaient

(1) Eau-de-vie.

chaque matin dans la vallée fit halte à la porte de la maison forestière, en criant :

« Personne ? »

Je sortis.

« Vous êtes le brigadier Frédéric ? me dit cet homme.

— Oui, lui répondis-je, je m'appelle Frédéric, et je suis brigadier forestier.

— Eh bien, fit-il en me tendant une lettre, voici pour vous. »

Puis, il s'en alla, rejoignant au petit trot son camarade qui l'attendait plus loin.

Je rentrai.

Marie-Rose et la grand'mère étaient inquiètes, elles me regardaient en silence ; je dis en ouvrant la lettre :

« Qu'est-ce que ces Prussiens peuvent me vouloir ? »

C'était un ordre de l'*Oberfœrster* (1), établi à Zornstadt, de me rendre chez lui le lendemain, avec tous les gardes de ma brigade. Je lus haut cette lettre, les femmes en furent consternées.

« Que vas-tu faire, mon père ? me demanda Marie-Rose au bout d'un instant.

— C'est à quoi je pense, lui répondis-je. Ces Allemands n'ont pas d'ordres à me donner; mais ils sont maintenant les plus forts, ils peuvent nous mettre à la porte du jour au lendemain, cela demande réflexion. »

Je me promenais de long en large, terriblement ennuyé, quand tout à coup Jean Merlin, passant devant nos fenêtres à grands pas, enjamba les trois marches du seuil et entra.

« Bonjour, Marie-Rose, dit-il, bonjour, grand'mère. Vous avez reçu l'ordre de l'*Oberfœrster*, brigadier ?

— Oui.

— Ah ! fit-il, ces gens-là n'ont pas confiance en vous ; tous les gardes en ont reçu autant. Est-ce que nous irons ?

— Il faut voir, lui dis-je. Vous allez partir pour la Petite-Pierre et demander l'avis de notre inspecteur. »

L'horloge marquait huit heures. Jean partit tout de suite; à midi juste, il revenait déjà nous dire que M. Laroche nous engageait à voir ce que ces Allemands nous voulaient, et de l'en prévenir aussitôt. Il fut donc résolu que nous irions.

Tu sauras, Georges, que depuis l'arrivée des Allemands, les forêts étaient pillées de fond en comble; tous les bois de vente encore en cordes et en stères dans les coupes s'en allaient bûche par bûche ; les landwehr enlevaient tout ce qui se trouvait à leur portée, ils aimaient à se tenir près d'un bon feu, dans leurs retranchements couverts de terre du côté de la ville; les paysans se faisaient aussi des provisions, on aurait dit que les biens de l'État étaient au premier venu.

Je répétais sans cesse à mes gardes de bien remarquer les délinquants, que les bois appartenaient toujours à la France, et qu'après la guerre il faudrait rendre des comptes. Mon triage avait moins souffert que les autres, parce que je continuais de faire mes tournées comme autrefois ; les gens respectent toujours ceux qui remplissent leur devoir.

Enfin, j'envoyai Jean prévenir ses camarades d'être sans faute le lendemain, vers neuf heures, à la maison forestière, en uniforme, mais sans plaque, et que nous partirions ensemble pour Zornstadt.

Le lendemain, tous étant venus, on se mit en marche, et, vers midi, nous arrivions dans le vestibule de la grande maison où s'était installé monsieur l'*Oberfœrster*, avec toute sa famille.

C'était grande fête à Zornstadt pour les Prussiens. Ils venaient d'apprendre la capitulation de Bazaine, et chantaient dans tous les cabarets. L'*Oberfœrster* donnait aussi gala.

Naturellement, cette triste nouvelle nous rendait sombres.

Les autres brigades se trouvaient déjà réunies à la porte, les brigadiers Charles Werner, Balthazar Rœdig et Jacob Hepp en tête.

Après nous être serré la main, il fut décidé que nous écouterions les observations de M. l'*Oberfœrster* en silence, et que moi, comme le plus ancien brigadier, je parlerais pour tous, s'il y avait quelque chose à répondre.

Nous attendîmes encore près d'une demi-heure, car le festin ne finissait pas ; on se gobergeait, on riait, on trinquait, on tapait sur un piano, on chantait la *Wacht am Rhein !*

Malgré leur vanité singulière, ces gens ne s'étaient pas attendus à de si grandes victoires; et je crois qu'avec d'autres chefs, malgré les préparatifs et la supériorité du nombre, ils n'auraient pas eu l'occasion de se goberger d'une telle manière.

Enfin sur les deux heures, un Allemand en chapeau de feutre vert garni de trois ou quatre plumes de coq, l'air joyeux et les joues rouges jusqu'aux oreilles, car il sortait de la cuisine, vint nous ouvrir la porte, en disant :

« Vous pouvez entrer. »

Et traversant une grande pièce, nous trouvâmes plus loin M. l'*Oberfœrster* seul, assis dans un fauteuil au bout d'une longue table

(1) Inspecteur forestier.

encore couverte de dessert et de bouteilles vides, la figure rouge, les mains croisées sur son ventre d'un air de satisfaction.

C'était un bel homme, dans sa camisole de drap vert bordée de peau de martre, oui, Georges, il faut le reconnaître, un très-bel homme, grand, bien bâti, la tête carrée, les cheveux courts, les mâchoires solides, avec de longues moustaches et de larges favoris roux qui lui couvraient pour ainsi dire les épaules. Seulement son gros nez rouge, recouvert de petites plaques farineuses, vous étonnait au premier abord, et vous forçait en quelque sorte de détourner les yeux, par respect pour son grade.

Il nous regardait entrer, ses petits yeux gris plissés jusqu'aux oreilles; et quand nous fûmes tous rangés autour de la table, la casquette à la main, après nous avoir bien observés, il tira son gilet par le bas, en toussant un peu, et nous dit d'un air d'attendrissement :

« Vous êtes de braves gens, vous avez tous de bonnes figures allemandes, cela me fait plaisir! Votre tenue est aussi très-bien; je suis content de vous! »

Dans la salle à côté, les invités riaient; cela força M. l'*Oberfœrster* de s'interrompre.

« Wilhelm, ferme donc la porte, » dit-il au garçon qui venait de nous faire entrer.

Le garçon obéit, et M. l'*Oberfœrster* recommença :

« Oui, vous avez de bonnes figures allemandes!... Quand je pense que vous avez été retenus tant d'années dans la servitude de cette race de fanfarons, j'en suis indigné. Mais grâce à l'Éternel et grâce aux armées de notre glorieux roi Guillaume, l'heure de la délivrance est arrivée, le règne de Sodome et de Gomorrhe est passé. On ne verra plus d'honnêtes pères de famille, de bons serviteurs remplissant avec exactitude et loyauté leurs devoirs, et conservant le bien de Sa Majesté, on ne verra plus de pareilles gens réduits à vivre avec cinq ou six cents francs d'appointements, tandis que des aventuriers, des violateurs de la loi, des joueurs, des êtres criblés de vices, s'adjugeaient à eux-mêmes des quarante millions par an, pour entretenir des danseuses, des cuisiniers, des flagorneurs, des mouchards, et pour déclarer la guerre à tort et à travers aux voisins pacifiques, sans raisons, sans prévoyance, sans armées, sans munitions et sans canons, comme de véritables imbéciles! Non, voilà ce qu'on ne verra plus jamais, la vieille Allemagne s'y oppose! »

Alors, M. l'*Oberfœrster*, content de ce qu'il venait de dire, remplit son verre pour se rafraîchir les idées; il but gravement, les yeux à demi fermés, et continua :

« Je vous ai fait venir pour vous confirmer tous dans vos postes; car j'ai visité les forêts, j'ai vu que tout était en ordre, j'ai reconnu que vous étiez de fidèles serviteurs; il est donc juste que vous restiez.

« Et je vous annonce que vos appointements seront doublés; que les vieux serviteurs, au lieu d'être mis à la retraite, recevront encore de l'avancement; qu'ils jouiront d'une honnête aisance proportionnée à leurs grades, enfin que la munificence de Sa Majesté se répandra sur vous tous, et que vous bénirez dans votre vieillesse l'heureuse annexion de ce noble pays d'Alsace à la mère-patrie. Vous raconterez un jour à vos enfants et à vos petits-enfants cette longue captivité de Babylone, où vous avez tant souffert, et vous serez aussi les plus fidèles serviteurs de Sa Gracieuse Majesté.

« Voilà ce que je veux!

« D'anciens fonctionnaires comme vous, respectés et honorés dans le pays, à cause de la loyauté de leurs services, exercent toujours une grande influence sur les paysans. Vous exprimerez hautement votre attachement à notre glorieux roi Guillaume, cet attachement de cœur que tout homme allemand éprouve. Oui, vous allez prêter serment à Sa Majesté; et quant au reste, quant aux augmentations, je vous donne ma parole d'*Oberfœrster* que tout s'accomplira selon la promesse que je viens de vous faire.

Pendant qu'il parlait ainsi, il ne cessait de nous observer; derrière nous se trouvaient deux ou trois grands Allemands en uniforme, qui paraissaient émerveillés et même attendris de son discours. Mais nous autres, nous restions froids, la casquette à la main; et, comme j'étais chargé de répondre, tous me regardaient, pour découvrir ce que je pensais.

Tu conçois, Georges, quelle devait être mon indignation intérieure, de voir qu'on nous appelait honnêtes gens, bons serviteurs, pour faire de nous des traîtres. Je sentais la rougeur me couvrir les joues; j'aurais souhaité de pouvoir répondre que la canaille seule accepte le titre de brave homme, en manquant à l'honneur; mais je retenais ma langue, ne voulant pas engager les camarades, dont plusieurs étaient surchargés d'enfants; la responsabilité me paraissait trop forte.

M. l'*Oberfœrster*, ayant fini, nous observa

d'un œil plus fixe, moi particulièrement, en disant :

« Eh bien! vous pouvez parler; je vous autorise à parler. »

Alors je répondis :

« Monsieur l'*Oberfœrster*, comme le plus vieux forestier des trois brigades, mes camarades m'ont chargé de parler pour tous; mais la proposition que vous venez de nous faire est grave; je crois que chacun demandera du temps pour réfléchir. »

Tous inclinèrent la tête; et lui, vraiment étonné, car il avait cru sans doute que l'augmentation des appointements déciderait de tout, resta plus d'une minute les yeux écarquillés, me regardant comme s'il avait vu quelque chose d'extraordinaire; puis il en fit autant pour les autres, et, fronçant les sourcils, il dit d'un ton rude :

« Je vous accorde vingt-quatre heures! Demain, à cette heure-ci, je veux avoir la réponse écrite et signée de chacun de vous : oui ou non! Ne croyez pas que les hommes nous manquent, il en existe beaucoup en Allemagne, et de braves gens, de vieux forestiers, connaissant le service aussi bien que le plus fin d'entre vous, qui ne demanderaient pas mieux que de venir dans cette riche Alsace, où tout pousse en abondance, se loger dans de bons nids, au milieu de magnifiques forêts en plein rapport, faire un petit tour aux environs matin et soir, dresser un procès-verbal, et recevoir pour cela qninze cents francs par an, avec le jardin, le bout de prairie, le bois de chauffage, la pâture pour la vache, et le reste. Non, ne le croyez pas! Des centaines attendent avec impatience qu'on leur fasse signe de venir. Et pesez bien votre réponse; songez à vos femmes et à vos enfants; craignez d'avoir à vous repentir amèrement, si vous dites non! La France est ruinée de fond en comble, elle n'a plus le sou ; les pauvres forêts qui lui restent du côté des Landes et de la Bretagne sont des manches à balai; les gardes de ces broussailles seront maintenus à leurs postes et vous ne serez jamais replacés. Vous êtes Allemands! Les Français vous exploitaient et vous méprisaient; ils vous appelaient têtes carrées! Réfléchissez à tout cela; c'est un conseil d'honnête homme que je vous donne, de frère allemand, de bon père de famille! »

Il me regardait, pensant que j'allais dire quelque chose; mais je serrais les lèvres et je sentais comme de petits coups de vent froid passer sur mon front.

Tous les camarades aussi gardaient le silence. A côté, derrière la porte, on touchait du piano, une femme chantait un petit air doux et mélancolique.

« Vingt-quatre heures, reprit-il en se levant, pas une minute de plus! »

Et jetant sa serviette sur la table avec mauvaise humeur, il ajouta :

« Notez bien aussi que ceux qui veulent répondre *non* peuvent faire leurs paquets tout de suite, la grande route est pour eux. Nous ne garderons jamais des ennemis parmi nous, des êtres dangereux. Ce serait trop bête... Nous ne sommes pas des Français!.. »

Là-dessus il entra dans la salle voisine, pendant que nous défilions par le vestibule.

Ce que l'*Oberfœrster* venait de nous déclarer à la fin, « que nous serions difficilement replacés en France, et que les Allemands nous forceraient de déguerpir sans miséricorde », était terrible, les plus courageux baissaient la tête.

Quelques-uns, tout pâles, eurent l'idée d'entrer au cabinet du Sapin, pour délibérer; ils tenaient surtout à savoir mon opinion, mais je leur dis, en m'arrêtant devant la porte de l'auberge :

« A cette heure, camarades, économisons tous le peu d'argent que nous pouvons avoir; cinq sous pour une chopine de vin sont toujours cinq sous! Il va falloir déménager, et dans ces temps de malheur tout est cher; les voyages coûtent, quand on emmène des femmes, des enfants et des vieillards. »

Le grand Kern voulait absolument savoir ce que je pensais; plusieurs s'étant réunis autour de moi, je finis par leur dire :

« Écoutez!... Pour ce qui me regarde, je sais bien ce qu'il me convient de faire; mais, dans des moments pareils, chacun doit rester libre, chacun a sa conscience; je ne donnerai de conseils à personne. »

Et voyant le pauvre Jacob Hepp, père de six petits enfants, les épaules courbées, les bras tombants et les yeux à terre, je m'écriai :

« Allons!... donnons-nous encore une bonne poignée de main, ce sera peut-être la dernière!..... Que les vieux souvenirs d'amitié nous suivent partout où le ciel nous conduira! »

Plusieurs s'embrassèrent, et dans cet endroit nous nous séparâmes.

Jean Merlin et moi nous prîmes le chemin du Falberg; je ne sais pas ce que firent les autres, s'ils entrèrent au cabaret ou s'ils retournèrent chez eux.

Quant à nous, tant d'idées nous traversaient l'esprit, que nous marchâmes longtemps sans dire un mot.

Au sortir de Zornstadt, nous remontâmes la côte des Bruyères, jusque sur le plateau du Graufthâl, et tout à coup le soleil perça les nuages, il se mit à briller sur les bois. C'était un coup de soleil magnifique, qui nous fit découvrir à travers les taillis dépouillés, tout au fond de la vallée, la jolie maisonnette où j'avais passé tant de jours heureux, depuis que le père Bruat m'avait donné sa fille en mariage.

Je m'arrêtai tout court. Jean, qui me suivait dans le sentier, fit aussi halte auprès de moi, et, les mains appuyées sur nos bâtons, nous regardâmes longtemps comme en rêve.

Tous les jours d'autrefois défilaient devant mes yeux.

La petite maisonnette, dans ce jour clair et froid, se voyait comme peinte sur la côte, au milieu des hauts sapins; son toit de bardeaux gris, sa cheminée où montait un filet de fumée, ses fenêtres, où Marie-Rose posait au printemps ses pots d'œillets et de réséda, le treillage où grimpait le lierre, le hangar et ses piliers vermoulus, tout était là devant nous, on aurait cru pouvoir les toucher.

En voyant cela, je me disais :

« Regarde bien, Frédéric, regarde ce coin du monde si paisible, où s'est passée ta jeunesse, et qu'il faut quitter, la tête grise, sans savoir où aller; cette pauvre baraque, où ta chère femme Catherine t'a donné plusieurs enfants, dont quelques-uns reposent près d'elle sous la terre, à Dôsenheim. Regarde!... et rappelle-toi les instants si calmes, où ta vie s'est écoulée au milieu de braves gens qui t'appelaient bon fils, bon père, honnête homme et priaient Dieu de te combler de bénédictions. A quoi te sert maintenant d'avoir été bon père et bon fils, d'avoir toujours rempli tes devoirs avec honnêteté, puisqu'on te chasse et que pas une âme au monde ne peut réclamer pour toi? Les Allemands sont les plus forts, et la force vaut mieux que le droit établi par Dieu même. »

Je frémissais d'oser élever mon reproche jusqu'à l'Éternel, mais ma douleur était trop profonde, l'iniquité me paraissait trop forte... Que le ciel me pardonne d'avoir douté de lui!

Quant au reste, ma résolution était inébranlable, j'aurais mieux aimé périr, que de commettre une bassesse. Et regardant Merlin, appuyé contre un bouleau, près de moi, l'œil sombre, je lui dis :

« C'est la dernière fois que je regarde ma vieille baraque; demain, l'*Oberfœrster* recevra ma réponse, et après-demain les meubles seront sur la charrette. Dites-moi maintenant ce que vous pensez faire. »

Alors il devint tout rouge et murmura :

« Oh! père Frédéric, pouvez-vous me demander cela? Vous me faites de la peine. Ne savez-vous donc pas ce que je ferai? Je ferai comme vous; il n'y a pas deux manières d'être honnête homme.

— C'est bon! Je le savais, lui dis-je, mais je suis pourtant content de vous l'avoir entendu dire. Il faut que tout soit clair entre nous. Nous ne sommes pas des Allemands, nous autres, qui vont par trente-six chemins, et qui trouvent que tout est bien, pourvu que cela réussisse. Allons, en route, Jean, et bon courage! »

Nous commençâmes à descendre la côte, et je t'avoue, Georges, qu'en approchant de la maison, et pensant qu'il allait falloir annoncer la terrible nouvelle à ma fille et à la grand'mère, mon cœur en frémissait.

Enfin, nous arrivâmes tout de même sur le seuil. Jean entra le premier; je le suivis en refermant la porte.

Il pouvait être quatre heures. Marie-Rose pelait des pommes de terre pour le souper, et la grand'mère, assise dans son fauteuil, près du poêle, écoutait bourdonner le feu comme à l'ordinaire, depuis des années.

Figure-toi notre position; comment nous y prendre pour leur dire que les Allemands nous mettaient à la porte? Mais les pauvres femmes n'eurent qu'à nous regarder, pour comprendre qu'il se passait quelque chose de grave.

Après avoir posé mon bâton au coin de l'horloge et pendu ma casquette à son clou, je fis quelques tours dans la chambre; puis, comme il fallait bien commencer d'une manière ou d'une autre, je me mis à raconter en détail les propositions que nous avait faites l'*Oberfœrster*, d'entrer au service du roi de Prusse. Je ne me pressais pas, je disais les choses clairement, sans rien cacher ni rien ajouter, voulant que ces pauvres êtres eussent aussi la liberté de choisir entre la misère et la honte.

Marie-Rose, toute pâle, levait à chaque instant les mains au ciel, en murmurant :

« Est-ce possible, mon Dieu? Existe-t-il de pareils gueux dans le monde? Ah! plutôt mourir, que de s'engager dans cette bande de coquins! »

Cela me faisait plaisir de voir que ma fille avait du cœur; Jean Merlin en était tellement touché, que je voyais trembloter ses moustaches.

La grand'mère, elle, se réveillait comme un escargot dans sa coquille, ses yeux éteints brillaient de colère; j'en étais surpris moi-même. Et quand je me mis à dire que l'*Oberfœrster*, si nous refusions de servir la Prusse, nous accordait vingt-quatre heures pour quitter la baraque, son indignation éclata d'un coup :

« Quitter la maison ! dit-elle, en se levant toute courbée, mais cette maison est à moi ! Je suis venu au monde dans cette maison, voilà plus de quatre-vingts ans, et je ne l'ai jamais quittée. C'est mon grand-père Laurent Duchêne qui vint y demeurer le premier, voilà plus de cent trente ans, et qui planta tous les arbres fruitiers de la côte ; c'est mon père Jacquemin qui, le premier, traça le chemin de Dôsenheim et le sentier de Tommenthal ; c'est mon mari Georges Bruat et mon gendre Frédéric, ici présent, qui firent les premiers semis de hêtres et de sapins, dont les forêts s'étendent maintenant sur les deux vallées ; et tous, de père en fils, nous avons vécu honnêtement dans cette maison ; nous l'avons gagnée ; nous avons entouré le jardin de haies vives ; chaque arbre du verger est de nous ; nous avons économisé pour acheter la prairie, élever la grange et l'étable.... Nous chasser de cette maison ! Ah ! les misérables.... En voilà des idées d'Allemands !... Eh bien, qu'ils viennent ! C'est moi, Anne Bruat, qui veux leur parler ! »

Je ne pouvais pas calmer cette pauvre vieille grand'mère, tout ce qu'elle disait était juste ; mais, avec des gens qui soutiennent que la force est tout, et que la honte et l'injustice ne sont rien, à quoi bon tant parler ?

Comme elle venait de se rasseoir tout essoufflée, je lui demandai d'un ton bien triste, mais ferme :

« Grand'mère, voulez-vous que j'accepte du service chez les Allemands ?

— Non, fit-elle.

— Eh bien, dans quarante-huit heures il faudra quitter tous ensemble cette vieille maison.

— Jamais ! cria-t-elle. Je ne veux pas !

— Et moi, lui dis-je, le cœur brisé, je vous dis qu'il le faut ! Je le veux !.... C'est le premier ordre que je vous donne depuis mon arrivée ici.... Vous le savez, j'ai toujours eu pour vous le plus grand respect. Que ces Allemands soient maudits mille fois, pour m'avoir forcé de vous manquer de respect, je les en exècre encore plus, si c'est possible !... Mais ne comprenez-vous pas, grand'mère, que ces brutes, sans pitié même pour la vieillesse, s'ils éprouvaient de votre part la moindre résistance, vous traîneraient dehors par vos cheveux gris ; vous n'êtes pas forte, vous ; ils sont forts, eux, et cela leur suffit !... Ne comprenez-vous pas que moi, voyant un tel spectacle, je me précipiterais sur eux, quand ils seraient un régiment, et qu'ils me massacreraient ?.. Alors que deviendriez-vous, vous et ma fille ? Voilà ce qu'il faut voir, grand'mère. Pardonnez-moi de vous parler si durement, mais je ne veux pas une minute de grâce, ni vous non plus, j'en suis sûr ; et d'abord ils ne nous l'accorderaient pas, ce sont des gens sans entrailles ! »

Elle fondait en larmes et bégayait :

« Oh ! mon Dieu, mon Dieu ! quitter cette maison, où j'espérais voir ma petite-fille heureuse et bercer encore mes arrière-petits-enfants !... Mon Dieu, pourquoi ne m'avez-vous pas appelée plus tôt ? »

Elle pleurait si amèrement, que tous ensemble, nous sentions les larmes descendre une à une sur nos joues. Que de souvenirs nous revenaient ! Mais la pauvre grand'mère en avait encore bien plus, n'ayant jamais quitté le vallon durant tant d'années, que pour aller deux ou trois fois l'an au marché de Saverne ou de Phalsbourg ; c'étaient ses plus longs voyages.

Enfin, le grand coup était porté. La nécessité, Georges, la terrible nécessité venait de parler par ma bouche ; les femmes avaient compris qu'il fallait partir, peut-être pour toujours, que rien ne pouvait empêcher cet épouvantable malheur.

C'était déjà quelque chose ; mais un autre devoir aussi pénible me restait à remplir. Comme les gémissements avaient cessé, comme nous rêvions tous dans l'abattement, élevant de nouveau la voix, je dis :

« Jean Merlin, vous m'avez demandé, l'été dernier, ma fille en mariage, et je vous avais accepté pour être mon fils, parce que je vous connaissais, que je vous aimais, et que je vous estimais autant que n'importe qui dans le pays. C'était donc entendu, nos paroles avaient été données, il ne nous en fallait pas plus !... Mais alors j'étais brigadier forestier, j'allais avoir droit à ma retraite, et mon poste vous était promis. Sans être riche, j'avais un peu de bien, ma fille pouvait être considérée comme un bon parti. Maintenant je ne suis plus rien ; à dire la vérité, je suis même un homme pauvre. Les vieux meubles qui me restent convenaient à cette maison ; quand il faudra les emmener, ils seront un embarras ; et la prairie, que j'ai payée de mes économies, quinze cents francs, aussi par convenance pour la maison forestière, ne vaudra guère plus de moitié, quand il faudra la revendre. Encore les Allemands déclareront peut-être que les biens immeubles doivent aussi leur revenir. Cela ne dépend que d'eux, puisque le

Frédéric !... Frédéric !... tuez-moi !... (p. 35).

plus fort a toujours raison ! Vous-mêmes, vous allez vous trouver sans place; votre vieille mère reste à votre charge. L'entretien d'une femme, au milieu de toutes ces misères, peut vous paraître bien pénible... C'est pourquoi, Jean, mon honneur et celui de ma fille m'obligent à vous rendre votre parole. Les choses ne sont plus les mêmes, Marie-Rose n'a plus rien, et je comprendrais qu'un honnête homme, dans une occasion aussi grave, pût changer d'idée.

Merlin était devenu pâle en m'écoutant, et, d'une voix enrouée, il me répondit :

« Je vous ai demandé Marie-Rose pour elle, père Frédéric, parce que je l'aimais et qu'elle m'aimait aussi. Je ne vous l'ai pas demandée, ni pour votre place, ni pour le bien qu'elle pouvait avoir; si j'avais eu cette idée, j'aurais été un gueux. Et maintenant j'y tiens encore plus qu'avant, j'ai vu qu'elle avait du cœur, cela passe avant tout ! »

Et se levant, les bras étendus, il s'écria :

« Marie-Rose ! »

A peine l'avait-il appelée, qu'elle se retournait, la figure baignée de larmes, et se jetait dans ses bras; ils s'embrassèrent longtemps, et je pensai :

« Tout est bien, ma fille est entre les mains d'un honnête homme, c'est ma plus grande consolation dans tous ces malheurs abominables. »

Après cela, Georges, malgré notre désolation, le calme se rétablit. Merlin et moi, nous convînmes qu'il irait le lendemain porter

Du courage, nous sommes des hommes !... (p. 42).

notre réponse à Zornstadt : « Non, monsieur l'*Oberfœrster*, nous ne servirons pas le roi de Prusse ! » J'écrivis ma lettre tout de suite, il la mit dans sa poche.

Il fut également arrêté que j'irais de bonne heure au Grauftbâl, tâcher de découvrir un endroit pour nous loger, avec nos meubles. Les trois chambres au premier du père Ykel, aubergiste de la *Coupe*, devaient être toujours libres depuis l'invasion, pas un voyageur ne venant au pays ; la place ne devait pas manquer non plus dans son écurie ; j'espérais les louer à bon marché.

Quant à Merlin, il avait encore à prévenir sa mère, et nous dit qu'elle partirait pour Felsberg, où l'oncle Daniel serait bien heureux de la recevoir. Le vieux maître d'école et sa sœur avaient longtemps fait leur ménage ensemble ; et seulement après son installation à la maison forestière du Tomenthâl, Jean Merlin avait pris sa mère avec lui. La bonne vieille Margrédel n'avait donc qu'à retourner au hameau où sa petite maison l'attendait.

Ainsi furent prises nos dernières résolutions.

Jean se chargea aussi d'aller prévenir M. Laroche de ce qui venait de se passer, et de lui dire que j'irais le voir après notre déménagement. Puis il embrassa Marie-Rose, dit encore quelques paroles d'encouragement à la grand'mère et sortit. Je l'accompagnai sur le seuil, en lui serrant la main. La nuit était venue, il gelait à pierre fendre, le ciel étincelait d'étoiles. Quel temps pour quitter la baraque et chercher un autre asile !

En rentrant, je vis le pauvre Calas vider la marmite aux pommes de terre sur la table et poser les deux pots de lait caillé près du saladier, en nous regardant d'un air étonné; personne ne bougeait.

« Assieds-toi, Calas, lui dis-je, mange seul; personne de nous n'a faim ce soir. »

Il s'assit donc et se mit à peler ses pommes de terre; ayant tiré le fumier de l'écurie et donné le fourrage au bétail, sa tâche était remplie et sa conscience tranquille.

Heureux ceux qui ne prévoient pas le lendemain, et que l'Éternel gouverne seul, sans rois, sans empereurs et sans ministres.... Ils n'ont pas le quart de nos chagrins!... L'écureuil, le lièvre, le renard, tous les animaux des bois et de la plaine reçoivent leur fourrure nouvelle à l'entrée de l'hiver; les oiseaux du ciel reçoivent un plus fin duvet; ceux qui ne pourraient pas vivre dans la neige, faute d'insectes pour les nourrir, ont reçu de grandes ailes qui leur permettent d'aller chercher un plus beau soleil. L'homme seul ne reçoit rien! Ni son travail, ni sa prévoyance, ni son courage ne peuvent le préserver du malheur; ses semblables sont ses pires ennemis, et sa vieillesse est souvent le comble de la misère. Voilà notre partage.

Quelques-uns voudraient changer ces choses, mais c'est difficile; il faudrait du cœur et du bon sens qui nous manquent.

Enfin, à la nuit close, nous allâmes rêver seuls, chacun dans son coin, au coup terrible qui nous accablait.

CHAPITRE IX

Le lendemain, 1er novembre, au petit jour, je partis pour le Graufthâl. J'avais mis ma blouse, mes gros souliers et mon feutre. Les arbres au bord du chemin se courbaient sous le givre; de loin en loin, un merle, une grive s'élevaient sous les broussailles blanches, poussant leur cri, comme pour me dire adieu. Depuis, j'y ai rêvé bien des fois; j'étais sur le chemin de l'exil, Georges; il commençait seulement et devait aller bien loin.

Vers sept heures, j'arrivais sous les grosses roches, où se cachent les plus pauvres maisonnettes du hameau; d'autres suivent la rivière; et je m'arrêtai devant celle du père Ykel. J'entrai par la cuisine, dans la salle d'auberge tout enfumée. Rien ne bougeait; je croyais être seul et j'allais appeler, quand j'aperçus Ykel, assis derrière le poêle, son bout de pipe noire à couvercle de cuivre entre les dents, et le gros bonnet de coton sur l'oreille; il ne remuait pas, ayant eu quelques semaines avant une attaque de rhumatisme, qui lui venait de ses longues pêches à la main aux sources vives de la montagne et de ses pêches de nuit dans les brouillards, au flambeau.

Jamais la vallée n'avait eu de pêcheur pareil; il vendait des écrevisses et des truites jusqu'aux grands hôtels de Strasbourg. Malheureusement tout se paye tôt ou tard, les rhumatismes étaient venus, et maintenant il pouvait songer aux bons endroits de la rivière, aux beaux coups de filet.

Dans le moment où je le découvris, ses petits yeux verts étaient déjà fixés sur moi.

« C'est vous, père Frédéric! dit-il. Que venez-vous faire ici parmi les gueux qui nous dépouillent? A votre place, moi, je resterais tranquille sous bois; les loups ne sont pas d'aussi mauvais voisins.

— On ne fait pas ce qu'on veut, lui répondis-je. Est-ce que vos trois chambres en haut sont toujours libres, et avez-vous de la place à l'écurie pour deux vaches?

— Si j'en ai! s'écria-t-il. Les Prussiens en ont fait de la place! Ils ont tout pris, foin, paille, avoine, farine, avec le bétail.... Ah! la place.... la place.... Je crois bien.... depuis le grenier jusqu'à la cave, nous en avons, elle ne nous manquera pas de longtemps!... »

En même temps, il fit entendre un éclat de rire sec, en grinçant ses vieilles dents et murmurant :

« Oh! scélérats!... Dieu veuille que nous ayons un jour le dessus, j'irai là-bas sur des béquilles, malgré mes rhumatismes, reprendre tout ce qu'ils m'ont volé.

— Alors, lui dis-je, les chambres sont vides?

— Oui, et l'écurie aussi, avec le grenier à foin. Mais pourquoi me demandez-vous ça?

— C'est que je viens pour louer.

— Vous! s'écria-t-il stupéfait. Vous ne restez donc plus à la maison forestière?

— Non, les Prussiens me chassent.

— Ils vous chassent!... Et pourquoi?

— Parce que je ne veux pas accepter de service chez les Allemands. »

Alors Ykel parut attendri, son nez crochu se recourba jusque sur ses lèvres, et d'une voix grave il me dit :

« J'ai toujours pensé que vous étiez un honnête homme. Vous étiez un peu sévère dans le service, mais vous étiez juste; on n'a jamais pu dire le contraire. »

Puis il appela :

« Katel!... Katel! .. »

Et sa fille, qui venait d'allumer du feu sur l'âtre, entra.

« Tiens, Katel, dit-il en me montrant, voilà le père Frédéric, que les Prussiens chassent avec sa fille et la grand'mère, parce qu'il ne veut pas entrer dans leur bande. Ça, c'est encore mille fois pire que les réquisitions ; c'est quelque chose qui vous fait dresser les cheveux. »

Sa fille alors prit aussi notre parti, criant que le ciel devrait tomber, pour écraser des gueux de cette espèce. Elle me conduisit en haut, grimpant l'escalier en échelle de meunier, pour me faire visiter les trois chambres que je désirais louer.

Tu ne peux rien te représenter de plus misérable; on touchait les poutres du plafond de la main; les fenêtres basses, à vitraux de plomb, dans l'ombre des rochers, donnaient à peine un rayon de jour.

Quelle différence avec notre jolie maisonnette, si bien éclairée au versant de la côte! Oui, c'était bien triste, mais nous n'avions pas de choix, il fallait se loger quelque part.

Je dis à Katel de faire un peu de feu dans la grande chambre, pour en dissiper l'humidité; puis étant descendu, le père Ykel et moi nous convînmes que j'aurais le premier de sa maison, deux places à l'écurie pour mes vaches, le petit fenil au-dessus, avec un réduit à porcs, un coin de la cave pour mes pommes de terre, et la moitié du hangar, où je comptais laisser les meubles qui ne pourraient pas entrer dans les chambres, le tout à raison de huit francs par mois, somme assez forte dans un temps où personne ne trouvait à gagner un centime.

Deux ou trois voisins, le grand charbonnier Starck et sa femme Sophie, le vannier Koffel, et Hulot, l'ancien contrebandier, arrivaient alors à l'auberge prendre leur chopine d'eau-de-vie, selon l'habitude. Ykel leur raconta les nouvelles abominations des Allemands, ils en furent révoltés. Starck m'offrit de venir avec ses chevaux et sa voiture m'aider à déménager, ce que j'acceptai de bon cœur.

Les choses étant entendues de la sorte, Starck me promit encore de venir sans faute avant midi; après quoi je repris le chemin de la maison. Il commençait à neiger; pas une âme, ni devant ni derrière moi, ne suivait le sentier, et, sur les neuf heures, je frappais des pieds dans l'allée, pour en détacher la neige.

Marie-Rose était là. Je lui dis en quatre mots que j'avais retenu notre logement, qu'il fallait préparer la grand'mère à partir bientôt, vider nos armoires dans nos paniers et défaire les meubles. J'appelai Calas pour m'aider, et tout de suite ce travail commença; nous prîmes à peine le temps de déjeuner. Le marteau retentissait dans la baraque; nous entendions la grand'mère sangloter dans sa petite chambre et Marie-Rose l'encourager.

C'est tout ce qui me revient.

C'était épouvantable d'entendre gémir cette pauvre vieille, de l'entendre se plaindre du sort qui l'accablait dans sa vieillesse, et puis appeler au secours son mari, le brave père Bruat, mort depuis dix ans, et tous les anciens dont les os reposaient au cimetière de Dösenheim. Cela me fait encore frémir quand j'y pense ; et les bonnes paroles de ma fille me reviennent avec attendrissement.

Le marteau allait son train ; les meubles, la petite glace près du lit de Catherine, — ma pauvre femme défunte, — les portraits du grand'père et de la grand'mère, peints par Ricard, le même qui faisait les belles enseignes de la ville du temps de Charles X, les deux bénitiers et le vieux crucifix au fond de l'alcôve, la commode de Marie-Rose, et la grande armoire de noyer qui nous venait de l'arrière-grand-père Duchêne; toutes ces vieilles choses, qui nous rappelaient les anciens, la bonne vie paisible, et qui depuis des années avaient leur place qu'on retrouvait à tâtons dans la nuit noire, tout se détachait; c'était en quelque sorte notre existence qu'il fallait défaire de nos propres mains!

Et Ragot qui va et vient, tout étonné de ce remue-ménage ; Calas qui demande : « Qu'est-ce que nous avons donc fait, pour nous sauver comme des voleurs?... » Et le reste... car je ne me souviens pas de tout, Georges! Je voudrais même avoir tout oublié, et n'avoir jamais commencé cette histoire, la honte du genre humain et l'humiliation de cette espèce de chrétiens, qui réduisent leurs semblables à la dernière misère, parce qu'ils ne veulent pas s'agenouiller devant leur orgueil.

Enfin, puisque nous y sommes, allons toujours.

Tout cela n'était encore rien !

C'est quand le grand Starck arriva, et que, les meubles étant chargés sur sa voiture, il fallut dire enfin à la grand'mère de sortir de sa petite chambre, et que voyant dans l'allée cette désolation, elle tomba la face contre terre, en s'écriant :

« Frédéric!... Frédéric!... tuez-moi!... faites-moi mourir... mais ne m'emmenez pas!...

Qu'on me laisse au moins dormir sous la neige, dans notre petit jardin! »

C'est alors, Georges, que je souhaitai moi-même d'être mort.... Je n'avais plus une goutte de sang dans les veines. Et maintenant, après quatre ans, je serais bien embarrassé de te dire comment la grand'mère se trouva placée dans la voiture, au milieu des paillasses et des matelas, sous les milliers de flocons qui tombaient du ciel.

La neige, n'ayant pas cessé de tomber depuis le matin, était déjà haute. La grande voiture s'en allait lentement; Starck, devant, tirait ses biques par la bride, en jurant et les forçant d'avancer à coups de fouet; Calas, plus loin, chassait le bétail, Ragot l'aidait; Marie-Rose et moi, nous suivions, la tête penchée; et derrière nous la maisonnette s'éloignait toute blanche, au milieu des sapins.

Il nous restait à prendre le lendemain notre bois, notre fourrage et nos pommes de terre; aussi j'avais fermé la porte et mis la clef dans ma poche avant de partir.

A la nuit close, nous arrivâmes devant la maison d'Ykel. Je pris la grand'mère dans mes bras, comme un enfant, et je la portai en haut dans sa chambre, où Katel avait fait un bon feu. Marie-Rose et Katel s'embrassèrent; elles avaient été à l'école et fait leur première communion ensemble, à Dôsenheim. Katel pleurait. Marie-Rose, toute pâle, ne disait rien. Elles montèrent; et pendant que Starck avec Calas et deux ou trois voisins déchargeaient les meubles sous le hangar, j'entrai dans la salle m'asseoir un instant derrière le fourneau et prendre un verre de vin, car je n'en pouvais plus, j'étais à bout de forces.

CHAPITRE X

Notre première nuit au Graufthâl, dans cette soupente où passaient les courants d'air du grenier, est la plus triste dont je me souvienne; le fourneau fumait; la grand'mère toussait dans son lit; Marie-Rose se levait, malgré le froid, pour lui donner à boire; les petites vitres grelottaient à chaque coup de vent, qui nous amenait la poussière de neige jusque sur le plancher.

Ah! oui, nous avons bien souffert cette première nuit! Et, ne pouvant fermer l'œil, je me disais :

« Impossible de vivre ici!... Nous péririons tous avant quinze jours; il faut absolument nous en aller plus loin... Mais où aller? Quel chemin prendre? »

Tous les villages d'Alsace et de Lorraine étaient encombrés d'Allemands, les routes couvertes de canons et de convois; pas une baraque, pas même une écurie ne restait libre.

Ces idées me faisaient des cheveux gris; j'aurais voulu m'être cassé le cou tout de suite en descendant les marches de la maison forestière, et j'en souhaitais autant pour la grand'mère et pour ma fille.

Heureusement, Jean Merlin arriva le lendemain de bonne heure. Il avait porté notre réponse à l'*Oberfœrster;* il avait déménagé ses meubles à Felsberg, et la vieille Margrédel, sa mère, était déjà tranquillement assise près du feu, chez l'oncle Daniel.

C'est ce qu'il nous dit d'un air de bonne humeur, après avoir embrassé Marie-Rose et souhaité le bonjour à la grand'mère.

Rien que de voir sa confiance, cela m'avait déjà remonté le cœur; et, comme je me plaignais du froid, de la fumée, de notre mauvaise nuit, il s'écria :

« Oui!... je comprends tout ça, brigadier; je m'en doutais bien; aussi je me suis dépêché de venir. C'est dur de quitter ses habitudes et de se mettre à vivre chez les étrangers à votre âge; cela vous casse les bras. Dans des occasions pareilles, il faut se changer les idées. Voici la clef de ma baraque et le cahier des estimations; vous avez aussi votre registre et le marteau de marque; eh bien, savez-vous ce que je ferais à votre place? J'irais tout porter à notre inspecteur; d'autant plus que l'*Oberfœrster* de Zornstadt pourrait vous les réclamer et vous forcer de les donner. Une fois qu'ils seront chez M. Laroche, personne n'aura plus rien à vous dire. Pendant que vous serez là-bas, Marie-Rose lavera les fenêtres et le plancher; Calas ira chercher le bois, le fourrage, les pommes de terre avec Starck, et moi je me charge d'arranger les meubles, de tout mettre en place.

Il parlait avec tant de bon sens, que je suivis son conseil. Nous descendîmes dans la grande salle, et, quoique ce ne soit pas mon habitude, nous prîmes ensemble un bon verre d'eau-de-vie; après quoi je partis, le registre sous ma blouse, le marteau dans ma poche, et le bâton à la main.

C'est mon dernier voyage au pays, pour affaires de service.

L'étang de la Frohmülhe était couvert de glace; le moulin et la scierie plus bas ne marchaient plus. Personne, depuis la veille, n'avait suivi mon sentier, tout semblait désolé ; durant trois heures je ne vis pas une âme.

Alors, me rappelant la fumée des charbonnières, le tic-toc des bûcherons travaillant dans les coupes, ébranchant les arbres, entassant les bûches le long des chemins forestiers, même en plein hiver, toute cette vie joyeuse d'autrefois, ce gain qui donne la nourriture et le bonheur aux moindres hameaux, je me disais que les bandits capables de troubler un pareil ordre, pour s'attirer indûment le fruit du travail des autres, méritaient la corde.

Et de loin en loin, au milieu du silence, voyant passer un épervier sur ses larges ailes, les griffes repliées sous le ventre, et poussant son cri de guerre, je pensais :

« Voilà les Prussiens !... Aujourd'hui ils dévorent tout. Ils ont planté leurs griffes sur les Allemands ; ils leur ont donné des officiers qui les triquent ; au lieu de travailler, ces gens seront forcés de manger leur dernier liard à la guerre, et les autres auront toujours le bec et les ongles dans leur graisse ; ils les plumeront à plaisir, sans qu'ils puissent se défendre. Malheur à nous tous ! Les nobles Prussiens vont nous manger ; et les Badois, les Bavarois, les Wurtembergeois, les Hessois avec nous ! »

Ces idées mélancoliques et beaucoup d'autres semblables me passaient par la tête.

Sur les dix heures, je montais la rampe du vieux fort, abandonné depuis le commencement de la guerre ; puis, descendant la rue du Faubourg, j'entrai dans la maison de M. l'inspecteur. Mais la porte du bureau dans le vestibule à gauche était fermée ; j'eus beau sonner, essayer d'ouvrir, personne ne répondit. J'allais sortir pour m'informer chez un voisin de ce qu'était devenu M. Laroche, s'il avait été forcé de partir, lorsqu'une porte en haut s'ouvrit, et M. l'inspecteur lui-même, en robe de chambre, parut sur l'escalier.

« Qui est là ? fit-il, ne me reconnaissant pas d'abord sous mon grand feutre.

— C'est moi, monsieur l'inspecteur, lui dis-je.

— Ah ! c'est vous, père Frédéric, dit-il tout réjoui. Eh bien, montez, montez. Toute ma maison est partie, je reste seul ; on m'apporte mes repas de l'auberge de la *Grappe*. Entrez !... entrez !... »

Nous entrâmes alors dans une petite chambre bien propre au premier ; un bon feu bourdonnait dans le fourneau. Et m'avançant un fauteuil :

« Prenez place, père Frédéric, » dit-il, en s'asseyant près d'une petite table couverte de livres.

Je m'assis donc, et nous nous mîmes à causer de nos affaires. Je lui racontai notre visite à l'*Oberfœrster* ; il savait tout et bien d'autres choses encore.

« Je suis content de voir, disait-il, que nos gardes, sauf le pauvre Heppe, père de six enfants, ont tous fait leur devoir ; c'est une grande satisfaction pour moi. En ce qui vous regarde, père Frédéric, vous et Jean Merlin, votre gendre, je n'ai jamais eu le moindre doute. »

Puis il s'informa de notre position ; et, recevant le registre et le marteau, il les mit dans une armoire, disant que ses papiers étaient déjà partis, que ceux-ci iraient les rejoindre. Il me demanda si nous n'avions pas des besoins pressants. Je lui répondis qu'il me restait bien encore 300 francs, que j'économisais pour acheter un bout de prairie, à côté du verger, que cela me suffirait sans doute.

« Allons, tant mieux ! dit-il. Vous savez, père Frédéric, que ma bourse est à votre service ; elle n'est pas forte aujourd'hui ; chacun est obligé de ménager ses ressources, car Dieu sait combien de temps cette campagne peut durer ; mais s'il vous fallait quelques fonds.... »

Je le remerciai de nouveau.

Nous causions comme de véritables amis. Il m'engagea même à prendre un cigare dans sa boîte, mais je le remerciai. Alors il me demanda si j'avais une pipe, et me dit de l'allumer. C'est pour te faire comprendre quel brave homme c'était que notre inspecteur.

Je me rappelle qu'il me dit ensuite que tout n'était pas fini ; que sans doute nos armées régulières s'étaient rendues en masse ; que tous nos officiers, maréchaux, généraux, jusqu'aux simples caporaux, étaient tombés par ce moyen au pouvoir de l'ennemi, chose qui ne s'était jamais vue depuis le commencement de l'histoire de France et de n'importe quelle autre nation ; cela le peinait, et même, si j'ose le dire, l'indignait. Il en avait les larmes aux yeux comme moi.

Mais après cela, il disait que Paris tenait bien, que ce grand peuple de Paris n'avait jamais tant montré son courage et son amour de la patrie ; il ajoutait qu'une grande et solide armée, quoique jeune, s'était déjà formée du côté d'Orléans, et qu'on attendait beaucoup d'elle ; que la République avait été proclamée après Sedan, comme les paysans vont chercher le médecin, quand le malade est à l'agonie, et que pourtant cette République avait eu le courage de prendre le fardeau de tous les dangers dont elle n'était pas cause, pendant que ceux qui nous avaient jetés dans la guerre se retiraient à l'étranger. Qu'un homme très-énergique, Gambetta, membre du gouvernement provisoire, se trouvait à la tête de ce grand mouvement; qu'il appelait à lui tous les Français en état de porter les armes, sans distinction d'opinions, et que si la campagne se prolongeait quelques mois, les Allemands ne pourraient y tenir, que tous les chefs de famille étant enrégimentés, leurs terres, leurs usines, leurs exploitations restaient abandonnées; que le labour et les semailles n'auraient pas lieu, et que les femmes, les enfants, la population en masse périrait dans une horrible famine.

Nous avons vu depuis, Georges, que ces choses étaient vraies; toutes les lettres qu'on a trouvées sur les landwehr annonçaient la plus grande misère en Allemagne.

Enfin, ce que me dit M. Laroche réveilla mes espérances. Il promit aussi de faire liquider ma retraite dès que cela serait possible, et vers une heure je le quittai plein de confiance. Il me serra la main et me cria sur la porte :

« Bon espoir, père Frédéric; nous aurons encore des jours heureux ! »

En le quittant, j'étais un autre homme, et j'arrivai sans me presser au Graufthâl, où m'attendait la plus agréable surprise.

Jean Merlin avait tout mis en ordre. Les fentes de la soupente, des portes et des fenêtres étaient fermées, le plancher lavé, les meubles en place, les cadres pendus aux murs, autant que possible comme ils se trouvaient à la maison forestière. Le froid était très-vif dehors; notre fourneau, que Jean avait monté et nettoyé à la mine de plomb, tirait comme un soufflet de forge; et la grand'mère, assise derrière, dans son vieux fauteuil, écoutait ce bourdonnement, en regardant la flamme briller jusqu'au fond de la chambre. Marie-Rose, les manches retroussées, semblait contente de voir ma satisfaction; Jean Merlin, son bout de pipe entre les moustaches et les yeux plissés, me regardait comme pour dire :

« Eh bien, papa Frédéric, qu'est-ce que vous pensez de cela? Est-ce qu'il fait encore froid dans cette chambre? Est-ce que tout n'est pas propre, reluisant et bien en place? C'est Marie-Rose et moi qui avons arrangé cela. »

Et moi, voyant ces choses, je leur dis :

« Tout est bien... la grand'mère a chaud... Maintenant je vois que nous pourrons rester ici... Vous êtes de braves enfants ! »

On dressa la table. Marie-Rose avait fait une bonne soupe aux choux et au lard, car les Allemands prenant toute la viande fraîche pour eux, on était encore bien content d'avoir de la viande fumée; heureusement les pommes de terre, les choux, les navets ne manquaient pas, cela formait notre principale ressource.

Ce soir-là, nous mangeâmes en famille; et pendant le souper je racontai dans tous les détails ce que m'avait appris M. l'inspecteur touchant les affaires de la République. C'étaient les premières nouvelles positives que nous avions de la France depuis longtemps; aussi tu penses si l'on m'écoutait. Les yeux de Jean brillaient, quand je parlais de batailles prochaines du côté de la Loire.

« Ah! faisait-il, on appelle les Français, les anciens soldats. Tiens! tiens! on se défend! »

Et je m'écriais plein d'enthousiasme :

« Si l'on se défend!... je crois bien! M. l'inspecteur dit que si ça continue quelques mois, les autres en auront assez. »

Alors il retroussait ses moustaches et semblait vouloir parler; mais ensuite, regardant Marie-Rose qui nous écoutait, l'air grave comme d'habitude, il se remettait à manger en disant :

« C'est égal, vous me faites joliment plaisir de me raconter çà, père Frédéric; oui, c'est une fameuse nouvelle. »

Enfin, sur les huit heures, il partit en nous annonçant son retour pour le lendemain ou le surlendemain, et nous nous couchâmes dans la plus grande tranquillité.

Autant la nuit d'avant avait été triste et froide, autant celle-là fut bonne; nous dormîmes comme des bienheureux, malgré la bise qui se démenait dehors.

J'étais revenu de ma désolation; je pensais que nous pourrions vivre au Graufthâl jusqu'à la fin des événements.

CHAPITRE XI

Une fois retirés sous les roches de Graufthâl, j'espérais que les Allemands nous laisseraient tranquilles. Que pouvaient-ils nous demander encore? Nous avions tout abandonné, nous vivions dans le plus pauvre hameau du pays, au milieu des bois; bien rarement leurs escouades venaient dans ce coin, si pauvre qu'on y trouvait à peine de quoi réquisitionner quelques bottes de foin ou de paille. Tout me paraissait donc pour le mieux, et nous pensions n'avoir plus rien à démêler avec cette mauvaise race.

Malheureusement on se trompe souvent, les choses ne vont pas toujours comme on pense.

Bientôt le bruit courut que Donnadieu, le grand Kern et d'autres gardes avaient passé les Vosges, qu'ils se battaient contre les Allemands du côté de Belfort, et tout de suite l'idée me vint que Jean voudrait aussi partir. J'espérais que Marie-Rose le retiendrait, mais je n'en étais pas sûr. Cette crainte ne me quitta plus.

Chaque matin, pendant que ma fille faisait le ménage et que la grand'mère dévidait son chapelet, je descendais fumer une pipe dans la grande salle, avec le père Ykel. Koffei, Starck et les autres arrivaient prendre leur verre d'eau-de-vie; on parlait des visites domiciliaires, de la défense de sonner les cloches, de l'arrivée des maîtres d'école allemands, pour remplacer les nôtres, des réquisitions de toute sorte qui augmentaient chaque jour, des malheureux paysans réduits à labourer pour nourrir les Prussiens, et de mille autres abominations, qui vous indignaient contre ces imbéciles de Badois, de Bavarois, de Wurtembergeois en train de se faire massacrer pour le roi Guillaume, et de se battre contre leurs propres intérêts. Le grand Starck, fort dévot et qui ne manquait jamais d'assister à la messe les dimanches, criait qu'ils étaient tous damnés sans miséricorde et que leurs âmes brûleraient jusqu'à la consommation des siècles.

Cela nous aidait à passer le temps.

Un jour, Hulot nous amena son petit-fils Jean-Baptiste, un grand garçon de seize ans, en pantalon et veste de toile, les pieds nus, hiver comme été, dans ses gros souliers, les cheveux pendant en longues mèches jaunes sur la figure, et le sac de contrebande sur sa maigre échine. Ce garçon-là, s'étant assis près du feu, nous raconta que du côté de Sarrebrück et de Lanuda les landwehr étaient furieux, qu'on les entendait crier dans tous les cabarets contre la République, cause de la continuation de la guerre depuis Sedan, qu'on venait d'apprendre qu'une bataille près de Coulmiers, vers Orléans, avait été livrée; que les Allemands se sauvaient en déroute, et que l'armée de Frédéric-Charles courait à leur secours; mais que nos jeunes gens allaient aussi rejoindre l'armée de la nation; et que les *hauptmann* avaient établi 50 francs d'amende par jour contre les parents de ceux qui s'échappaient du pays, ce qui ne l'empêcherait pas, lui, Jean-Baptiste, d'aller au secours de la patrie comme les camarades.

A peine avait-il fini de parler, que je montais quatre à quatre, pour raconter ces bonnes nouvelles à Marie-Rose. Je la trouvai sur le palier; elle descendait à la buanderie, et ne parut pas étonnée du tout.

« Oui... oui... mon père, dit-elle, je pensais bien que cela finirait de cette manière; il faut que tout le monde s'en mêle, il faut que tous les hommes partent. Ces Allemands sont des voleurs, ils reviendront en déroute. »

Sa tranquillité m'étonnait, car l'idée devait aussi lui venir que Jean, un homme hardi, ne resterait pas au pays dans un moment pareil, et qu'il pouvait tout à coup s'en aller là-bas, malgré toutes les promesses de mariage.

Enfin, songeant à cela, je rentrai dans ma chambre, pendant qu'elle descendait l'escalier, et deux minutes après le pas de Jean Merlin retentit sur les marches.

Il entra tranquillement, son large feutre rabattu sur les épaules, et dit de bonne humeur :

« Bonjour, père Frédéric. Vous êtes seul ?

— Oui, Jean, Marie-Rose vient de descendre à la buanderie, et la grand'mère est encore au lit.

— Ah! bon... bon... » fit-il en posant son bâton derrière la porte.

Je devinais quelque chose à sa mine. Il se promenait de long en large, et tout à coup, s'arrêtant, il me dit :

« Vous savez ce qui se passe du côté d'Orléans? Vous savez que la débâcle des Allemands commence et qu'on appelle tous les hommes de bonne volonté. Qu'est-ce que vous pensez de ça ? »

J'étais devenu tout rouge, et je répondis un peu embarrassé :

« Oui, pour ceux qui sont là-bas, de l'autre côté de la Loire, c'est bon; mais nous autres nous aurions du chemin à faire, et puis les Prussiens nous arrêteraient en route, ils gardent tous les chemins, tous les sentiers.

— Bah! dit-il, on les croit plus malins qu'ils ne le sont. Je parierais bien de passer les Vosges à leur barbe. Le grand Kern et Donnadieu ont bien passé avec beaucoup d'autres! »

Aussitôt je compris qu'il voulait partir, que c'était en quelque sorte décidé dans son esprit; cela me donna un coup, car une fois en route, Dieu seul savait quand le mariage se ferait; l'idée de Marie-Rose me troublait.

« Sans doute, lui dis-je; mais il faut aussi penser aux vieux, Jean! Que dirait votre

Pense à la grand'mère... (p. 46).

mère, cette bonne vieille Mangrédel, si vous l'abandonniez dans un moment pareil?

— Ma mère est une bonne Française, dit-il. Nous avons causé de ça, brigadier; elle consent! »

Alors les bras me tombèrent, je ne savais plus quoi répondre, et seulement au bout d'une minute je dis :

« Et Marie-Rose!... Vous ne pensez pas à Marie-Rose! Vous êtes pourtant fiancés... c'est votre femme devant Dieu!...

— Marie-Rose consent aussi, dit-il. Nous n'avons plus besoin que de votre consentement; dites oui! tout sera bien. La dernière fois que je suis venu, pendant que vous étiez en bas à fumer votre pipe, j'ai raconté la chose simplement à Marie-Rose, je lui ai dit qu'un garde forestier sans place, un vieux soldat comme moi devait être au feu; elle a compris, elle consent. »

Ce qu'il me racontait là, Georges, était trop fort; je criai : « Ce n'est pas possible! » Et ouvrant la fenêtre, j'appelai :

« Marie-Rose... Marie-Rose... Monte... Jean est ici. »

Elle étendait le linge sous le hangar, et tout de suite, laissant son ouvrage, elle monta.

« Marie-Rose, lui dis-je, est-ce vrai que tu consens à ce que Jean Merlin aille se battre contre les Allemands du côté d'Orléans, derrière Paris? Est-ce vrai? Parle sans gêne. »

Alors elle, toute pâle et les yeux brillants, dit :

« Oui!... C'est son devoir... Il doit partir!

La maladie de la grand'mère s'aggravait (p. 47)

Nous ne voulons pas être Prussiens, et les autres ne doivent pas se battre seuls pour nous sauver... Il faut être des hommes... il faut défendre son pays ! »

Elle dit d'autres choses pareilles, qui me bouleversaient le sang et me faisaient penser :

« Quelle brave enfant j'ai là !... Non, je ne la connaissais pas encore... C'est la fille des anciens Bruat !... Voilà maintenant que les vieux ressuscitent et qu'ils parlent par la bouche des enfants ! Ils veulent qu'on défende la terre du vieux cimetière où reposent leurs os ! »

Je me levai, les bras étendus.

« Embrassons-nous, leur dis-je, embrassons-nous ! Vous avez raison. Oui, c'est le devoir de tous les Français d'aller se battre. Ah ! si j'avais seulement dix ans de moins, j'irais avec vous, Jean, nous serions deux frères d'armes. »

Et nous nous embrassâmes tous les trois.

Je pleurais; j'étais fier d'avoir une fille si brave, si honnête. La résolution de Jean et de Marie-Rose me paraissait donc naturelle. Mais, comme nous entendions la grand'mère venir à tâtons de la chambre voisine, en s'appuyant au mur, je leur fis signe de se taire; et la pauvre femme étant entrée, je lui dis :

« Grand'mère, voici Jean, que monsieur l'inspecteur envoie du côté de Nancy; il restera là-bas quelque temps.

— Ah ! fit-elle. Il n'y a pas de danger ?

— Non, grand'mère, c'est une commission pour les registres forestiers ; ça ne regarde pas la guerre.

— Allons, tant mieux ! dit-elle. Combien d'autres sont en danger !... On doit être bien heureux de se tenir dehors ! »

Puis, s'étant assise, elle commença, selon l'habitude, à prier.

Maintenant, Georges, qu'est-ce que je puis encore te dire sur ces choses, qui me déchirent le cœur quand j'y pense?

Jean Merlin passa toute la journée avec nous. Marie-Rose fit un aussi bon dîner que possible, dans notre position; elle mit son beau bonnet et son fichu de soie bleue, pour être agréable aux yeux de celui qu'elle aimait.

Il me semble encore la voir assise à table près de la grand'mère, en face de son fiancé, lui souriant comme en un jour de fête. Il me semble entendre Jean parler des nouvelles d'Orléans, des chances heureuses de la guerre, qui ne sont pas toujours pour les mêmes.

Ensuite, après le dîner, pendant que la grand'mère rêve dans son fauteuil, je vois les enfants assis l'un à côté de l'autre, près de la petite fenêtre, se regardant, se tenant par la main, et causant à voix basse, tantôt tristes, tantôt gais, comme il arrive aux amoureux.

Moi, je vais, je viens, je fume des pipes, songeant à l'avenir. J'écoute le bourdonnement du cabaret; et me rappelant le danger de partir, les peines établies par les Allemands contre ceux qui veulent rejoindre nos armées, il me semble entendre en bas marcher de grosses bottes et traîner des sabres. Je descends, je jette un coup d'œil, en entr'ouvrant la porte de la salle pleine de fumée, et puis je remonte, un peu rassuré, me disant qu'il ne faut pas trembler, qu'on traverse des lignes ennemies plus difficiles, que des hommes énergiques se tirent toujours d'affaire.

Ainsi se passa toute cette après-midi.

Puis au souper, à mesure que le moment du départ approchait, une tristesse plus terrible et des craintes inconnues, étranges, me gagnaient.

« Allez dormir, disais-je à la grand'mère, la nuit est venue. »

Mais elle ne m'écoutait pas, étant un peu sourde; elle murmurait ses litanies, et nous nous regardions les uns les autres, échangeant nos pensées d'un signe. A la fin pourtant, la pauvre vieille se leva, les deux mains appuyées aux bras de son fauteuil, en murmurant :

« Bonsoir, mes enfants. Venez, Jean, que je vous embrasse. Méfiez-vous des Prussiens... ce sont des traîtres !... Ne vous hasardez pas... et que le Seigneur vous conduise ! »

Ils s'embrassèrent. Jean semblait attendri; et la porte s'étant refermée, comme l'église sonnait huit heures et que les petites vitres étaient obscures, il dit :

« Marie-Rose, voici le moment.... La lune se lève; elle éclaire déjà le sentier par où je vais gagner le Donon. »

Ils s'embrassèrent longtemps, se tenant serrés dans le plus grand silence, car en bas on parlait, on criait encore; des étrangers pouvaient nous épier, il fallait de la prudence.

Tu ne sais pas, Georges, et je souhaite que tu ne saches jamais ce qu'un père éprouve dans des instants pareils.

Enfin ils se séparèrent. Jean prit son bâton; Marie-Rose, toute blanche, mais ferme, dit : « Adieu, Jean ! » Et lui, sans répondre, sortit brusquement, en respirant comme si quelque chose l'étouffait.

Je le suivis.

Nous descendîmes le petit escalier sombre, et sur la porte, où la lune couverte de nuages jetait à peine un pâle rayon, nous nous embrassâmes aussi.

« Tu n'as besoin de rien? lui dis-je, car j'avais mis quelque cinquante francs dans ma poche.

— Non, dit-il, j'ai ce qu'il me faut ! »

Nous nous serrions les mains, sans pouvoir nous lâcher, et nous nous regardions jusqu'au fond de l'âme.

Et comme je sentais mes joues trembler :

« Allons, mon père, dit-il d'une voix frémissante, du courage... nous sommes des hommes ! »

Puis il partit à grands pas.

Je le regardai s'enfoncer dans la nuit noire, en le bénissant du cœur. Il me semble l'avoir vu se retourner au coin du sentier des roches, agitant son chapeau, mais je n'en suis pas sûr.

Quand je rentrai, Marie-Rose, assise sur une chaise près de la fenêtre ouverte, pleurait la tête dans ses mains. La pauvre enfant avait eu du courage jusqu'à la dernière minute, mais alors son cœur fondait en larmes.

Je ne lui dis rien, et laissant la petite lampe sur la table, j'entrai dans ma chambre.

Ces choses se passaient en novembre 1870. Nous devions avoir de plus grandes douleurs.

CHAPITRE XII

Après cela, durant quelques jours tout resta paisible.

On n'entendait plus parler d'Orléans. De

temps en temps le canon de la ville tonnait, celui de l'ennemi lui répondait de Quatre-Vents et de Wéchem, puis tout se taisait de nouveau.

Le temps s'était mis à la pluie; il tombait de grandes ondées froides, la neige fondante suivait par bancs le cours de la rivière débordée. On se tenait blotti au coin du feu; on rêvait aux absents, à la guerre, aux marches, aux contre-marches. Les gendarmes de Bismarck-Bohlen continuaient leur service; on les voyait passer, le manteau ruisselant de pluie. Le silence, l'incertitude vous accablaient. Marie-Rose allait et venait sans rien dire; elle prenait ,même un air souriant, lorsque ma tristesse était trop grande, mais je voyais bien à sa pâleur ce qu'elle devait souffrir.

Quelquefois aussi la grand'mère, quand on y pensait le moins, se mettait à parler de Jean, demandant de ses nouvelles. On lui répondait par des choses insignifiantes; les idées courtes de la vieillesse, sa mémoire affaiblie l'empêchaient d'aller plus loin; elle se contentait de ce qu'on pouvait lui dire, et murmurait en rêvant :

« C'est bon !... c'est bon ! »

Et puis, les soucis de l'existence, le travail journalier, les soins du bétail, du ménage, nous aidaient à vivre.

Le pauvre Calas, n'ayant plus d'ouvrage chez nous, s'était mis à faire la contrebande entre Phalsbourg et les environs, risquant sa vie tous les jours, pour porter quelques livres de tabac ou d'autres menus objets sur les glacis; le bruit courut en ce temps qu'il avait été tué par une sentinelle allemande; Ragot l'avait suivi, nous n'entendîmes plus parler d'eux. Ils dorment sans doute depuis longtemps au coin d'un bois, ou dans un sillon quelque part; ils sont bien heureux.

Un matin, dans la grande salle en bas, étant seuls, le père Ykel me dit :

« Frédéric, on sait que Jean Merlin, votre gendre, est parti pour rejoindre l'armée nationale. Méfiez-vous, les Prussiens pourraient vous faire de la peine ! »

J'étais tout saisi, et je lui répondis au bout d'un instant :

« Mais non, père Ykel ! Jean a des affaires du côté de Dôsenheim; il court pour faire rentrer de vieilles créances; dans ce moment on a besoin d'argent.

— Bah ! bah ! dit-il, vous n'avez pas besoin de me cacher la chose; je suis un vieil ami des Bruat et le vôtre. Merlin n'est pas venu depuis quelques jours; il a passé la montagne et il a bien fait, c'est un brave garçon; mais les traîtres ne manquent pas, vous êtes dénoncé, ainsi soyez sur vos gardes. »

Cet avertissement me donna l'éveil; et, pensant qu'il était bon de prévenir aussi la mère Margrédel et l'oncle Daniel, après déjeuner, sans rien dire à Marie-Rose, je pris mon bâton et je partis pour Felsberg.

Il ne pleuvait plus. Le soleil d'hiver brillait sur les bois; et ce spectacle, en sortant de notre sombre recoin, me ranima. Comme le sentier au pied de la côte passait près de la maison forestière, découvrant le vieux toit au loin, j'en fus attendri. Tous mes souvenirs se réveillèrent; l'idée me vint d'aller voir la maisonnette, de regarder à l'intérieur, en me dressant sur le banc du mur. Il me semblait que cela me ferait du bien, de revoir la vieille salle où les anciens étaient morts, où mes enfants étaient venus au monde ! Mes entrailles en frémissaient, et j'allais d'un bon pas, quand, arrivant au petit pont en dos d'âne, entre les saules couverts de givre, je restai tout saisi.

Un garde forestier allemand, son chapeau de feutre vert à plumes de coq sur l'oreille, la pipe de porcelaine à long tuyau dans ses grosses moustaches blondes, et les bras croisés au bord de la fenêtre ouverte, fumait tranquillement, l'air calme, heureux comme dans son propre nid. Il regardait, en souriant, deux enfants joufflus à tête blonde qui s'amusaient sur la porte; et derrière lui, dans l'ombre de la salle, se penchait une femme grasse, les joues rouges, criant d'un ton joyeux :

« Wilhelm, Karl, arrivez, voici vos tartines ! »

Tout mon sang ne fit qu'un tour.

Quel malheur de voir des étrangers dans la maison des anciens, où l'on a vécu jusqu'à la vieillesse, et d'où l'on est chassé sans avoir commis de crime, seulement parce que les autres sont maîtres et qu'ils vous jettent dehors ! C'est épouvantable.

Le garde alors ayant levé la tête, j'eus peur qu'il ne me vît, je me cachai. Oui, je me cachai derrière les saules, me dépêchant de gagner le sentier plus loin, en me courbant comme un malfaiteur. J'aurais eu honte que cet homme ne s'aperçût que l'ancien maître l'avait trouvé dans sa maison, dans sa chambre, à son foyer; j'en rougissais ! Je me cachais, car il aurait pu rire de l'Alsacien mis à la porte; il aurait pu se faire du bon sang. Mais depuis ce jour la haine, que je n'avais jamais connue, est entrée dans mon cœur : je hais ces Allemands, qui jouissent en paix du fruit de notre travail et se considèrent comme d'honnêtes gens, je les abhorre !

Enfin, de là je remontai vers les bruyères jusqu'à Felsberg, bien triste et le front courbé.

Le pauvre village, dans ses tas de boue et de fumier, était aussi triste que moi ; pas une figure ne paraissait dans la rue, où les réquisitions de toute sorte avaient passé plus d'une fois. Devant la vieille maison d'école, posant le doigt sur le loquet, je trouvai la porte fermée. J'écoutai.... aucun bruit, aucun murmure d'enfants ne se faisait entendre. Je regardai par les petites vitres, les exemples pendaient toujours à leurs ficelles, mais les bancs étaient vides.

J'appelai : « Père Daniel ! » regardant en l'air les petites fenêtres du premier, car la porte de l'allée était aussi fermée. Quelques instants après, une autre porte, celle de la maison de Margrédel, bâtie contre le pignon, s'ouvrit ; l'oncle Daniel, un petit homme vif, en gros tricot de laine, et le bonnet de coton noir sur la nuque, parut en disant :

« Qui est là ? »

Je me retournai.

« Hé ! c'est le brigadier Frédéric, fit-il. Entrez.

— Vous ne demeurez donc plus là ? lui dis-je.

— Non ; depuis avant-hier l'école est fermée, » fit-il tristement.

Et dans la salle basse de la vieille baraque, près du petit fourneau de fonte, où les pommes de terre cuisaient dans la marmite, répandant leur vapeur au plafond, j'aperçus Margrédel assise sur un escabeau.

Elle avait sa figure de brave femme et même son sourire ordinaire.

« Ah ! fit-elle, on n'a plus la belle chambre d'en haut pour les amis... Les Allemands nous chassent de partout... on ne saura bientôt plus où se mettre !... C'est égal, asseyez-vous toujours là, sur le banc, père Frédéric, et, si le cœur vous en dit, nous mangerons des pommes de terre ensemble. »

Sa bonne humeur dans un endroit si misérable et son courage m'indignaient encore plus contre ceux qui nous précipitaient tous dans le malheur ; la consternation m'empêchait de parler.

« Marie-Rose et la grand'mère se portent bien ? me demanda Margrédel.

— Oui, Dieu merci, lui répondis-je ; mais nous sommes tous inquiets pour Jean. Les Prussiens savent qu'il est parti ; le père Ykel m'a prévenu d'être sur nos gardes, et j'arrive vous avertir.

— Je me moque pas mal des Prussiens ! dit-elle alors, en levant les épaules d'un air de mépris : Jean a passé la montagne depuis longtemps ; s'ils avaient pu l'arrêter, nous le saurions déjà ; ils n'auraient pas manqué de venir nous le dire, en se frottant les mains ; mais il a passé... c'est un gaillard !... »

Elle riait de sa bouche édentée.

« Ceux qui lui tomberont sous la main ne riront pas.... Il est bien sûr avec nos volontaires !... les coups de fusil et de canon roulent là-bas ! »

La pauvre femme voyait tout en beau, comme d'habitude, et je pensais :

« Quelle chance d'avoir un aussi bon caractère, quel bonheur ! »

L'oncle Daniel, lui, se promenait de long en large, en disant :

« C'est parce que Jean est parti que les bandits ont fermé mon école. Ils n'avaient rien à me reprocher ; ils ne m'ont pas donné d'explications ; ils ont fermé, voilà tout, et nous ont accordé juste le temps de porter nos meubles dehors ; ils nous regardaient d'un œil louche, en criant : *Schwint !... Schwint* (1) !

— Oui, criait Margrédel, ce sont des sournois, des hypocrites ; ils font leurs mauvais coups sans vous prévenir. Le matin, ils vous sourient, ils s'assoient comme de bons apôtres au coin de votre feu ; ils caressent vos enfants, les larmes aux yeux ; et puis tout d'un coup leur mine change, ils vous empoignent au collet et vous mettent à la porte, sans pitié. Ah ! les bons Allemands, nous connaissons maintenant ces braves gens !... Mais ils ne seront pas toujours si fiers.... Attendez..... attendez un peu.... le ciel est juste !... Les nôtres reviendront... Jean sera là... Vous verrez, père Frédéric !.. nous rentrerons à la maison forestière, nous ferons les noces !.... Je ne vous dis que cela. Voyez-vous, il faut avoir confiance en Dieu.... Maintenant nous souffrons à cause de nos péchés.... Mais le bon Dieu remettra tout en ordre, quand nous aurons fini d'expier nos fautes. Ça ne peut pas être autrement.... Il se sert des Prussiens pour nous punir. Mais leur tour viendra, nous irons aussi chez eux... Ils verront comme c'est agréable d'être envahis, volés, pillés. Gare !.... gare !.... A chacun son tour !... »

Elle parlait avec tant de confiance, que j'en prenais aussi ; je me disais :

« C'est bien possible ce qu'elle raconte là... Oui, la justice arrive tôt ou tard ! A la fin du compte, nous pourrions bien reprendre l'Alsace.... Tous ces Allemands ne s'aiment pas entre eux.... Il ne faudrait qu'une grande bataille gagnée, la débâcle commencerait tout de

(1) Vite ! vite !

suite... les Bavarois, les Hessois, les Wurtembergeois, les Saxons, les Hanovriens, chacun tirerait de son côté...., cela marcherait tout seul. »

Mais en attendant, nous étions dans une bien triste position.

Margrédel disait qu'ils avaient assez de seigle et de pommes de terre pour aller jusqu'à la fin de la guerre, et qu'avec quelques sous de sel cela leur suffirait.

Maître Daniel serrait les lèvres et restait pensif.

Enfin, ayant vu l'état des choses à Felsberg, je pris congé de ces vieux amis vers onze heures, en leur souhaitant toutes les bonnes choses du monde.

J'évitai de passer auprès de la maison forestière et je descendis la côte du Graufthâl, par la sapinière des roches, m'appuyant sur mon bâton dans les endroits trop escarpés.

Je me rappelle avoir rencontré aux deux tiers du chemin le vieux Roupp, un délinquant incorrigible, avec sa petite blouse déteinte, la cravate de coton roulée en corde autour de son cou maigre et la hachette à la main.

Il taillait et abattait à tort et à travers tout ce qui se trouvait à sa convenance ; grosses branches, petits sapins, tout y passait ; son fagot magnifique s'étendait en travers du sentier ; et comme je lui criais :

« Vous n'avez donc pas peur des gardes allemands, père Roupp ? »

Il se mit à rire, le menton en galoche, et son morceau de feutre sur la nuque, en se passant la manche sous le nez.

« Ah ! brigadier, fit-il ensuite tout réjoui, ces gens-là ne se hasardent pas seuls au bois !... A moins d'être des régiments, et d'avoir des canons devant eux, des uhlans de tous les côtés et d'être dix contre un, ils suivent toujours les grandes routes... Ce sont des braves qui tiennent à leur peau.... Hé !.... Hé !... Hé !... »

Je riais moi-même, parce qu'il disait la vérité.

Mais une terrible surprise m'attendait plus loin, à la descente des roches.

Dans le moment où je sortais du bois et que les petits toits de chaume se découvraient au pied de la côte, sous les bruyères, je vis d'abord des casques briller dans la ruelle, devant le hangar du père Ykel ; puis, regardant mieux, j'aperçus la foule en guenilles, hommes et femmes, qui stationnait autour d'eux ; Ykel, sur la porte de l'auberge, qui parlait ; Marie-Rose derrière, devant l'écurie sombre, et la grand'mère à sa petite fenêtre, levant les mains comme pour maudire.

Naturellement je me mis à galoper par-dessus les broussailles, comprenant qu'il se passait quelque chose de grave ; et descendant la ruelle du vieux cloître, pour couper au court, je débouchai derrière l'écurie, au moment où quelqu'un en sortait, traînant nos deux vaches attachées par les cornes.

C'était le cantonnier de Bockberg, le nommé Toubac, un homme court, trapu, à barbe noire, dont les deux belles et grandes filles passaient pour être les servantes du hauptmann (1) prussien qui vivait chez lui depuis le commencement du siége.

En voyant ce gueux emmener mon bétail, je lui criai :

« Qu'est-ce que vous faites là, voleur ? Voulez-vous bien lâcher mes bêtes, ou je vais vous rouer de coups. »

Alors, à mes cris, le sergent, son piquet d'hommes la baïonnette au bout du fusil, Ykel, Marie-Rose, et la grand'mère elle-même, se traînant et s'appuyant au mur, entrèrent dans la ruelle.

Marie-Rose se mit à crier :

« Mon père, on veut prendre nos vaches. »

Et la grand'mère, d'une voix lamentable, dit :

« Mon Dieu ! de quoi vivrons-nous ? Ces vaches sont notre seul bien, c'est tout ce qui nous reste ! »

Le sergent, grand, sec, la taille serrée dans son uniforme et le sabre au côté, entendant Ykel dire : « Voilà le maître !... c'est à lui que sont les vaches ! » tourna la tête comme sur un pivot, et me regarda par-dessus l'épaule, il avait des lunettes sous son casque, les moustaches rousses et le nez crochu ; on aurait dit un hibou qui tourne la tête sans bouger le corps : mauvaise figure !

La foule encombrait la ruelle, et le sergent cria :

« En arrière ! Faites évacuer les environs ; caporal ; et vous autres, si l'on se révolte : Feu !... »

Le roulement des sabots dans la boue et les cris de la grand'mère pleurant et sanglotant donnaient à ce spectacle quelque chose d'épouvantable.

« Ces vaches me conviennent, disait le cantonnier au sergent, je les prends, nous pouvons partir.

— Sont-elles à vous ? lui dis-je indigné, en serrant mon bâton.

(1) Capitaine.

— Ça ne me regarde pas, fit-il d'un ton de vrai bandit, sans cœur et sans honneur. J'ai le choix entre toutes les vaches du pays, pour remplacer celles que les gueux de Phalsbourg m'ont enlevées à la dernière sortie. . Je choisis celles-là... Ce sont des vaches suisses... J'ai toujours aimé les vaches suisses.

— Et qui vous donne le choix? m'écriai-je. Qui peut vous donner le bien des autres?

— Le *Hauptmann*, mon ami le *Hauptmann!* » fit-il en levant le bord de son chapeau d'un air cafard.

Alors plusieurs se mirent à rire dans la foule, en disant :

« Le *Hauptmann* est un homme généreux, il récompense bien ceux qui lui font plaisir. »

L'indignation me possédait; et le sergent ayant donné l'ordre à son piquet de partir, au moment où le cantonnier criait : « Hue! » traînant mes pauvres bêtes par les cornes, j'allais tomber sur lui comme un loup, quand Marie-Rose me prit les mains et me dit tout bas d'un air d'épouvante :

« Mon père, ne bouge pas, ils te tueraient.... Pense à la grand'mère.... »

Mes joues tremblaient, mes dents se serraient, des flammes rouges me passaient devant les yeux; mais l'idée de ma fille abandonnée, seule au monde, dans ces temps de malheur, et de la grand'mère mourant de faim, me donna la force de surmonter ma rage, et je criai seulement :

« Va, canaille!... Garde mon bien volé, mais tâche de ne jamais me rencontrer au coin d'un bois! »

Le sergent et ses hommes firent semblant de ne pas m'entendre; et lui, le misérable, dit en riant :

« Celles-ci, sergent, valent les miennes; à force de chercher, nous avons pourtant fini par trouver deux belles bêtes. »

Ils avaient couru tous les villages, visité toutes les écuries, et c'est sur nous que le malheur tombait.

Marie-Rose, voyant s'éloigner ces pauvres animaux élevés par nous-mêmes, à la maison forestière, ne pouvait retenir ses larmes, et la grand'mère, les mains jointes au-dessus de sa vieille tête grise, criait :

« Ah! maintenant.... maintenant nous sommes perdus!... Maintenant c'est le dernier coup.... Mon Dieu, qu'avons-nous donc fait pour mériter toutes ces misères! »

Je la soutenais sous les bras, l'invitant à monter, mais elle disait :

« Frédéric, laissez-moi seulement regarder encore une minute ces bons animaux.... Oh! pauvre Bellotte!... pauvre Blanchette.... je ne vous verrai plus!... »

C'était un spectacle à fendre l'âme; les gens se sauvaient, détournant la tête, car la vue de pareilles iniquités est tout ce qu'il y a de plus abominable sur la terre.

Enfin, il fallut pourtant remonter dans nos pauvres petites chambres, et rêver seuls à notre désolation; il fallut songer aux moyens de vivre, maintenant que toutes les ressources nous étaient enlevées.

CHAPITRE XIII

Tu sais, Georges, ce que vaut une vache pour nous autres paysans; avec une vache à l'étable, on a du lait, du beurre, du fromage, tout le nécessaire de la vie; une vache c'est l'aisance, deux c'est presque la richesse. Jusqu'alors nous avions pu vendre et faire ainsi quelques sous; maintenant il allait falloir tout acheter dans ces temps de disette, où l'ennemi s'engraissait de notre misère.

Ah! quel affreux passage!... Ceux qui viendront après nous ne s'en feront pas même une idée.

Il ne nous restait que cinq ou six milliers de foin et des pommes de terre.

Ykel, qui prenait part à tous nos chagrins, me dit le jour même :

« Ecoutez, brigadier, ce que je vous avais prédit arrive. Ces Allemands vous en veulent à mort, parce que vous avez refusé d'accepter du service chez eux, et que votre gendre est allé rejoindre les républicains.... S'ils pouvaient vous chasser et même vous exterminer, ils le feraient; mais ils veulent encore se donner des airs de justice, de grandeur; c'est pourquoi ils vous dépouilleront jusqu'à la chemise, pour vous forcer de partir, comme ils disent, *de bonne volonté!* Croyez-moi, débarrassez-vous bien vite de votre fourrage, car un de ces quatre matins ils viendront le réquisitionner, en disant que celui qui n'a pas de vaches n'a pas besoin de foin. Et surtout ne racontez pas que je vous ai donné ce conseil! »

Je compris qu'il avait raison; dès le lendemain mon fenil était vide : Gaspard Diederich, Hulot, Jean Adam, le grand Starck, tous les voisins étaient venus le soir enlever notre provision par bottes; de cette façon j'eus quelques francs en réserve. Starck me céda même une de ses chèvres, qui nous rendit les plus grands services; au moins la grand'mère eut un peu de lait matin et soir, cela lui prolongea l'existence; mais après tant de secousses, la pauvre vieille était bien affaiblie; elle tremblait comme une feuille et ne quittait plus le lit, rêvant toujours, murmurant des prières, parlant de Bruat, son mari, du grand'père Duchêne, de tous les anciens qui lui revenaient en mémoire. Marie-Rose filait auprès d'elle et veillait bien avant dans la nuit, écoutant sa respiration pénible et ses plaintes.

Moi, seul dans la chambre à côté, près des petites fenêtres où s'entassait la neige, les jambes croisées, la pipe éteinte entre les dents, songeant à toutes ces injustices, à tous ces vols, à ces abominations qui se suivaient de semaine en semaine, je commençais à perdre ma confiance dans l'Eternel! Oui, c'est triste à penser; mais à force de souffrir, je me disais que parmi les hommes beaucoup représentent les moutons, les oies, les dindons, destinés à nourrir les loups, les renards et les éperviers, qui se gobergent à leurs dépens. Et je poussais l'indignation jusqu'à m'écrier en moi-même que notre sainte religion avait été inventée par des malins, pour consoler les imbéciles d'être la proie des autres.

Voilà pourtant, Georges, à quels excès nous pousse l'injustice.

Mais le pire, c'est que les nouvelles de l'intérieur devenaient mauvaises.

Un piquet d'Allemands, venus de Wéchem pour réquisitionner mon foin, trouva la place vide; ces gens en furent indignés; ils me demandèrent ce que le fourrage était devenu, je leur répondis que les vaches du cantonnier l'avaient mangé.

Ma chèvre se trouvait par bonheur avec celles de Starck, sans cela les bandits n'auraient pas manqué de l'emmener.

Cette troupe de braillards, entrant alors à l'auberge, raconta que les républicains avaient été battus, qu'ils avaient laissé des milliers de morts sur les champs de bataille, qu'ils étaient repoussés d'Orléans, et qu'on allait les poursuivre plus loin; ils riaient et se glorifiaient eux-mêmes. Nous ne croyions pas le quart de ce qu'ils disaient, mais leur air de bonne humeur et leur insolence nous forçaient pourtant de penser que tout n'était pas mensonge.

Quant à Jean, pas de lettres, pas de nouvelles!... Qu'était-il devenu? Cette question, que je me posais souvent à moi-même, me troublait. Je me gardais bien d'en parler à Marie-Rose; sa pâleur m'avertissait assez que la même pensée la suivait partout.

Nous étions alors en décembre. Depuis quelque temps le canon de Phalsbourg se taisait; le bruit courait qu'on voyait des flammes s'élever brusquement la nuit des remparts; on se demandait ce que cela pouvait être. Nous avons appris depuis qu'on brûlait alors les poudres de la place, qu'on brisait le matériel d'artillerie, et qu'on enclouait les pièces, parce que les vivres touchaient à leur fin et qu'on allait être forcé d'ouvrir les portes.

Ce malheur arriva le 13 décembre, après six bombardements et 120 jours de siége. La moitié de la ville était en décombres; au seul bombardement du 14 août, huit mille cinq cents obus avaient abîmé des rues entières. Les pauvres garçons ramassés à la hâte aux environs et réunis dans la place aux temps des grandes chaleurs, n'ayant que leur blouse sur le dos et leurs souliers aux pieds, après avoir passé ce rude hiver sur les remparts, furent encore emmenés comme prisonniers de guerre, les uns à Rastadt, les autres en Prusse, au milieu des neiges.

A cette nouvelle, la consternation s'étendit partout. Tant que le canon de Phalsbourg avait tonné, notre espérance s'était soutenue; on se disait de temps en temps : « La France parle encore!... » Et cela vous faisait relever la tête; mais alors le silence nous apprit que les Allemands étaient bien maîtres chez nous et qu'il fallait se faire petit, pour ne pas s'attirer leur colère.

Depuis ce jour, Georges, notre tristesse n'eut plus de bornes.

Pour comble de malheur, la maladie de la grand'mère s'aggravait. Un matin, comme j'entrais dans sa chambre, Marie-Rose me dit à voix basse :

« Mon père, la grand'mère est bien malade.... elle ne dort plus.... elle étouffe!... Tu devrais aller chercher le médecin.

— Tu as raison, mon enfant, lui dis-je; nous avons déjà peut-être trop attendu. »

Et malgré la douleur de voir les vieux murs de notre forteresse au pouvoir de l'ennemi, je résolus d'aller à Phalsbourg chercher un médecin.

Ce jour-là, tout le pays n'était que boue et que nuages. J'allais devant moi, le dos courbé, marchant sur les talus au revers du chemin, l'esprit vide, à force d'avoir rêvé depuis des mois à notre abaissement, et tellement abattu, que j'aurais donné ma vie pour rien.

Sur le plateau de Biegelberg, au sortir de la forêt, voyant à trois kilomètres devant moi la petite ville comme écrasée sous le ciel sombre, ses maisons brûlées, son église affaissée, ses remparts écornés à fleur de terre, je

Chaque pensée nous tue... (p. 63).

m'arrêtai quelques instants, les reins appuyés à mon bâton, me rappelant les jours passés.

Que de fois, depuis vingt-cinq ans, j'étais allé là les dimanches et jours de fête, avec ma femme, la pauvre Catherine, et ma fille, soit pour assister aux offices, soit pour regarder les baraques de la foire, ou serrer la main de quelques vieux camarades, riant, heureux, pensant que les choses iraient ainsi jusqu'à la fin de nos jours ! Et toutes les joies disparues, les vieux amis qui, dans leurs petits jardins au pied des glacis, nous appelaient pour cueillir des groseilles ou faire un bouquet, semblaient revivre. Que de souvenirs me revenaient!... Je ne pouvais me les rappeler tous, et je m'écriais en moi-même :

« Oh ! que ces choses sont loin !... Oh ! qui jamais aurait cru que nous en arriverions à ce malheur, nous Français, nous Alsaciens, de courber le front sous des Prussiens !... »

Ma vue se troublait; je finis par me remettre en route, murmurant dans mon âme la consolation de tous les malheureux :

« Bah ! la vie est courte.... Bientôt, Frédéric, tout sera oublié.... Ainsi, prends courage, tu n'as plus longtemps à souffrir. »

Il me semblait aussi entendre la trompette de nos joyeux soldats; mais à la porte, un piquet d'Allemands en grosses bottes, et leur sentinelle, la jambe tendue, le fusil penché sur l'épaule, le casque sur la nuque, se promenant de long en large devant le corps de garde, me rappelèrent notre position.

Je partis sans retourner la tête (p. 56).

Mon vieux camarade Thomé, préposé de la ville aux perceptions de l'octroi, me fit signe d'entrer. Nous causâmes de nos malheurs; et voyant que je regardais défiler sur le pont une compagnie de Prussiens qui se redressaient, marquant le pas, il me dit :

« Ne les regardez pas, Frédéric, ils sont trop fiers qu'on les regarde; ils se figurent qu'on les admire. »

Alors je détournai les yeux, et m'étant reposé quelques minutes, j'entrai en ville.

Ai-je besoin maintenant de te peindre la désolation de ce pauvre Phalsbourg, autrefois si propre, les maisonnettes si bien alignées, la grande place d'armes si riante les jours de revue? Faut-il te parler de ces maisons tombées les unes sur les autres, les pignons renversés, les cheminées dans les airs au milieu des ruines; et de ces cabarets pleins d'Allemands mangeant, buvant, riant, tandis que nous autres, la mine longue, l'air effaré, misérables et déguenillés à la suite de tous ces désastres, nous voyions ces intrus se goberger avec leur haute paye prise dans nos poches? Non, rien que d'y penser, mon cœur se lève; c'est mille fois pire que tout ce qu'on raconte.

Comme j'arrivais au coin de la place d'armes, en face de la tour de l'église encore debout, avec ses cloches fondues et sa Vierge, les bras en l'air, une voix rude criait de l'Hôtel de ville :

« *Hérausse* (1). »

(1) Dehors.

C'était le sergent du poste qui donnait l'ordre à ses hommes de sortir; l'officier de ronde arrivait, les autres se précipitaient du corps de garde et se mettaient en rang : il était midi!

J'avais fait halte tout consterné, à la porte du café Vacheron. Une foule de pauvres gens sans asile, sans travail et sans pain, allaient et venaient, grelottant, les mains dans les poches jusqu'aux coudes; et moi, sachant, d'après ce que m'avait dit Thomé, qu'une foule de malades encombraient l'hôpital militaire et le collége, je me demandais s'il se trouverait un médecin pour visiter au Graufthâl une pauvre vieille femme en danger de mort. La tristesse et le doute m'accablaient; je ne savais à qui m'adresser ni quel parti prendre, quand un vieil ami de la maison forestière, Jacob Baure, le premier pêcheur de truites de la vallée, se mit à crier derrière moi :

« Hé! c'est le père Frédéric! Vous êtes donc encore de ce monde? »

Il me serrait la main, et paraissait si content de me revoir, que j'en fus attendri.

« Oui, lui répondis-je, nous en sommes réchappés, Dieu merci... Quand on se rencontre maintenant, on se croirait ressuscités! Malheureusement la grand'mère est bien mal, et je ne sais pas où trouver un médecin, au milieu de cette débâcle. »

Il me donna le conseil de monter chez le docteur Semperlin, qui demeurait au premier du café Vacheron, disant que c'était un homme savant, dévoué, bon Français, qui ne refuserait pas de m'accompagner, malgré la longueur du chemin et le travail qu'il avait en ville, dans ce moment de presse extraordinaire.

Je montai donc; et le docteur Simperlin, qui se mettait à table, me promit de venir aussitôt après dîner.

Alors je descendis un peu plus tranquille, dans la grande salle du café, casser une croûte de pain et prendre un verre de vin en l'attendant.

La salle était pleine de landwehr : gros bourgeois en uniforme, brasseurs, architectes, fermiers, banquiers, maîtres d'hôtel, venus pour occuper le pays, sous le commandement de chefs prussiens qui les faisaient marcher comme des marionnettes.

Tous ces gens avaient de l'argent plein leurs poches, et, pour oublier les désagréments de la discipline, ils avalaient autant de saucisses à la choucroute, de jambons et de salades au cervelas, que nos vétérans prenaient autrefois de petits verres d'eau-de-vie. Les uns buvaient de la bière, d'autres du vin de Champagne ou de Bourgogne, chacun selon sa fortune, sans en offrir aux camarades, cela va sans dire; ils mangeaient tous des deux mains, la bouche ouverte jusqu'aux oreilles et le nez dans leur assiette; et tout ce que je peux te dire, c'est que par ce temps de boue et de pluie, qui vous empêchait d'ouvrir les fenêtres, on avait besoin quelquefois d'aller respirer dehors.

Je m'étais assis dans un coin, auprès de ma chopine, regardant la fumée de tabac tourbillonner au plafond, les servantes apporter ce qu'on leur demandait, rêvant à la grand'mère malade, aux ruines que je venais de voir, écoutant les Allemands, que je ne comprenais pas, car ils parlaient tous une autre langue que celle de l'Alsace; et à l'autre bout de la salle, quelques Phalsbourgeois s'entretenant d'un bureau de secours en train de se former à l'Hôtel de ville; d'un bouillon qu'on voulait établir dans l'ancienne caserne de cavalerie, pour les pauvres, des indemnités promises par les Prussiens et sur lesquelles on ne comptait guère.

Le temps se passait lentement. J'aurais fini par ne plus rien écouter du tout, songeant à mes propres misères, quand une voix plus haute, plus hardie, me tira de mes réflexions; je regardai, c'était Toubac, le cantonnier du Bockberg, qui se mêlait à la conversation des Phalsbourgeois et s'écriait effrontément, son gros poing sur la table :

« Ça vous est bien commode, à vous autres gens de la ville, de parler maintenant des misères de la guerre. Vous étiez derrière vos remparts, et quand les obus arrivaient, vous couriez dans vos casemates. On ne pouvait rien vous prendre! Ceux dont les maisons sont brûlées vont recevoir des indemnités plus fortes qu'elles ne valaient; les vieux meubles vermoulus seront remplacés par des neufs, et plus d'un qui tirait la langue avant la campagne pourra se frotter les mains et s'arrondir le ventre en disant : « La guerre m'a fait bon bourgeois; j'ai payé mes dettes et je passe encore pour un fameux guerrier, parce que ma cave est à l'épreuve de la bombe. Je vais me dévouer à rester au pays, pour acheter à bon compte le bien de ceux qui s'en iront, avec l'argent de mes indemnités; je me sacrifierai jusqu'à la fin, comme je l'ai fait depuis le commencement! » Oui, la guerre de cette façon est agréable; derrière de bons murs tout va bien.... Tandis que nous autres, pauvres paysans, nous avons été forcés de nourrir les ennemis, de les loger, de leur donner foin, paille, orge, avoine, froment, jusqu'à notre bétail, entendez-vous, notre dernière ressource.... Tenez, moi, on m'a pris mes deux vaches, et maintenant à qui réclamer?... »

C'était trop fort. Lorsqu'il dit cela, l'effronterie de ce coquin m'indigna tellement que je ne pus m'empêcher de lui crier de ma place :

« Ah! mauvais gueux, glorifie-toi de tes souffrances et de ta belle conduite pendant nos malheurs.... Parle de tes sacrifices et du bel exemple qu'ont donné tes filles.... Raconte à ces messieurs comment après avoir couru tout le pays, avec un piquet d'Allemands qui te donnaient le choix dans tous les bestiaux de la plaine et de la montagne, pour remplacer tes misérables biques, après m'avoir volé par ce moyen mes deux belles vaches suisses, tu n'es pas encore content. Tu oses encore te plaindre, et rabaisser ces braves gens qui ont fait leur devoir? »

A mesure que je parlais, songeant que le gueux était cause de la maladie de la grand'-mère, la colère me gagnait de plus en plus; j'aurais voulu me retenir; mais c'était plus fort que moi, et tout à coup, empoignant mon bâton à deux mains, je courus sur lui pour l'assommer.

Par bonheur, Fixari, le boulanger, assis à côté de ce vaurien, voyant ma trique se lever, para le coup avec sa chaise, en s'écriant :

« Père Frédéric, à quoi pensez-vous? »

Cela produisit un effet terrible, toute la salle était en l'air et nous séparait. Lui, le bandit, se trouvant derrière les autres, levait le poing et criait :

« Vieux gueux! tu me payeras ça!... Les Allemands n'ont pas voulu de toi.... monsieur l'*Oberfœrster* t'a jeté dehors.... Tu aurais bien voulu prendre du service, mais on te connaissait, on t'a fermé la porte au nez.... Cela te vexe...: tu insultes les honnêtes gens; mais gare, gare, tu recevras de mes nouvelles! »

Ces indignes mensonges me rendaient encore plus furieux, il fallait me retenir à cinq ou six, pour m'empêcher d'arriver jusqu'à lui.

J'aurais fini par tout bousculer, si les landwehr n'avaient appelé un piquet de ronde qui passait sur la route. Alors, entendant les crosses de fusil à la porte, et découvrant les casques devant les fenêtres, je me rassis et tout s'apaisa.

Le caporal entra; Mme Vacheron lui fit prendre un verre de vin sur le comptoir, et comme le bruit avait cessé, après s'être essuyé les moustaches, il sortit en faisant le salut militaire. Mais Toubac et moi nous nous regardions de loin, les yeux étincelants, les joues frémissantes. Il comprenait bien maintenant, le misérable, que sa honte allait être découverte dans toute la ville, cela le mettait hors de lui.

Moi, je pensais : « Tâche seulement de venir sur mon chemin en allant au Biechelberg, je réglerai ton compte pour longtemps, la pauvre grand'mère sera vengée. »

Il avait sans doute de son côté des idées semblables, car il m'observait en dessous, avec son mauvais sourire de gueusard. C'était tout ce que je souhaitais, lorsque le docteur Semperlin parut sur la porte de la salle, en me faisant signe de venir.

Je sortis aussitôt, après avoir payé ma chopine de vin, et nous nous mîmes en route pour le Graufthâl. Il tombait du grésil, les grosses ornières pleines d'eau frissonnaient. Le docteur Semperlin et moi nous marchâmes longtemps l'un derrière l'autre, en silence, ayant soin d'éviter les mares, où l'on pouvait s'enfoncer jusqu'aux genoux.

Plus loin, après avoir dépassé le Biechelberg, sur le terrain plus ferme de la Forêt, je me mis à raconter au docteur les offres que nous avait faites l'*Oberfœrster*, le refus de tous nos gardes, à l'exception de Jacob Hepp; notre déménagement de la maison forestière et notre établissement chez Ykel, dans un coin froid de la pauvre auberge, sous les roches, où la grand'mère n'avait pas cessé de tousser depuis six semaines.

Il m'écoutait la tête penchée et finit par me répondre que c'était bien dur de quitter sa baraque, son champ, son pré, les arbres qu'on a plantés; mais qu'on ne doit jamais reculer devant un devoir; et qu'il allait aussi partir, avec sa femme et ses enfants, abandonnant sa clientèle, le fruit de son travail depuis des années, pour ne pas entrer dans le troupeau du roi Guillaume!

En causant ainsi, nous arrivâmes, vers trois heures, devant la pauvre auberge du Graufthâl. Nous montâmes le petit escalier. Marie-Rose nous avait entendus; elle était sur la porte, et s'empressa de présenter une chaise à M. Semperlin.

Le docteur regardait les poutres noires du plafond, les petites fenêtres, le petit poêle et dit :

« C'est bien petit et bien sombre, pour des gens habitués au grand air. »

Il se rappelait notre jolie maison de la vallée, ses fenêtres si claires, ses murs si blancs. Ah ! les temps étaient bien changés.

Enfin, ayant respiré deux minutes, il dit :

« Allons voir la malade. »

Nous entrâmes ensemble dans la petite chambre à côté. Le jour baissait, il fallut allumer la lampe ; le docteur, se penchant sur le lit, regarda la pauvre vieille en lui disant :

« Eh bien ! grand'mère Anne, je passais au Graufthâl, et le père Frédéric m'a fait signe d'entrer ; il m'a dit que vous n'étiez pas tout à fait bien. »

Alors la grand'mère, se réveillant tout à fait, le reconnut et répondit :

« Ah ! c'est vous, monsieur Semperlin.... Oui.... oui.... j'ai souffert et je souffre encore.... Dieu veuille que ça finisse ! »

Elle était si jaune, si ridée, si maigre, qu'on pensait en la voyant :

« Mon Dieu, comment notre pauvre corps peut-il durer encore dans cet état ? »

Et ses cheveux, autrefois gris, maintenant blancs comme du lin, ses joues creuses, ses yeux brillants sous le front tout ratatiné à force de rides, la rendaient pour ainsi dire méconnaissable.

Le docteur l'interrogea ; elle répondit très-bien à toutes les questions. Il écouta, l'oreille sur la poitrine et puis appuyée sur le dos, pendant que je la soutenais. Enfin, il dit en souriant :

« Allons... allons.... grand'mère, nous ne sommes pas encore en danger.... Hé ! hé ! hé ! ce gros rhume passera avec l'hiver ; seulement il faut vous tenir au chaud, et puis n'avoir pas des pensées tristes.... Vous retournerez bientôt à la maison forestière, tout ça ne peut pas durer.

— Oui, oui, faisait-elle en nous regardant, j'espère que tout se remettra, mais je suis bien vieille.

— Bah ! quand on s'est maintenue comme vous, est-ce qu'on est vieille ? Tout ceci vient d'un courant d'air ; il faudra éviter les courants d'air, mademoiselle Marie-Rose. Allons, bon courage, grand'mère. »

Ainsi parlait le docteur ; la grand'mère semblait un peu rassurée.

Nous sortîmes de la chambre ; et dehors, comme je l'interrogeais et que ma fille écoutait, M. Semperlin me demanda :

« Faut-il parler devant Mlle Marie-Rose ?

— Oui, » lui répondis-je, — car ma pauvre fille, chargée de soigner la malade, devait tout savoir ; si le mal était grave, si nous devions perdre le dernier être qui nous aimait et que nous aimions, eh bien, il valait encore mieux l'apprendre d'avance, que d'être frappés par le malheur, sans avoir été prévenus.

« Eh bien ! fit-il, la pauvre femme est malade, non-seulement à cause de la grande vieillesse, mais principalement à cause des chagrins qui la minent. Elle a quelque chose au cœur, c'est ce qui la fait tousser. Prenez garde de la chagriner, cachez-lui vos misères.... Faites-lui bonne mine.... Dites-lui que vous avez bonne espérance.... Quand elle vous regarde, souriez-lui.... Si elle est inquiète, dites-lui que ce n'est rien.... Ne laissez entrer personne, de crainte qu'on ne lui apprenne de mauvaises nouvelles, c'est le meilleur remède que je puisse indiquer. »

Pendant qu'il parlait, Marie-Rose, tout épouvantée, toussait dans sa main d'une petite toux sèche ; il s'interrompit en la regardant, et lui demanda :

« Vous toussez ainsi depuis longtemps, mademoiselle Marie-Rose ?

— Depuis quelque temps, » fit-elle en rougissant.

Alors il lui prit le bras et lui tâta le pouls, puis il dit :

« Il faut prendre garde et vous soigner aussi, ce logement n'est pas sain. N'avez-vous pas la fièvre le soir ?

— Non, monsieur.

— Allons, tant mieux ; mais il faut vous ménager, il faut autant que possible écarter les tristes pensées de votre esprit. »

Ayant dit cela, il prit son chapeau sur mon lit, sa canne dans un coin, et me dit en descendant les marches de l'escalier :

« Vous viendrez demain en ville, et vous trouverez chez Rèeb, le pharmacien, une petite bouteille dont vous ferez prendre trois gouttes matin et soir à la grand'mère dans un verre d'eau : c'est pour calmer ses étouffements ; et prenez aussi garde à votre fille, elle est bien changée ; quand on a vu Marie-Rose si fraîche, si bien portante il y a six mois, cela vous inquiète. Ménagez-la.

— Mon Dieu, me disais-je en moi-même, désolé, la ménager !... Oui.... oui.... si je pouvais lui donner ma propre existence ; mais comment ménager des êtres que la crainte, le regret, la douleur accablent ? »

Et songeant à cela, j'aurais voulu pleurer comme un enfant. M. Semperlin le vit, et sur la porte, me serrant la main, il me dit tout attendri :

« Nous aussi, n'est-ce pas, père Frédéric, nous sommes bien malades ?... Oui, terriblement malades. Notre cœur se déchire, chaque pensée nous tue; mais nous sommes des hommes, nous devons avoir du courage pour tout le monde.»

J'aurais voulu l'accompagner au moins jusqu'au bout de la vallée, car la nuit était venue, mais il s'y opposa en disant :

« Je sais mon chemin. Remontez, père Frédéric. Montrez du calme à votre mère et à votre fille, c'est nécessaire. »

Il partit alors et je remontai chez nous.

CHAPITRE XIV

Deux ou trois jours se passèrent.

J'étais allé prendre en ville, chez Rêeb, la potion ordonnée par M. Semperlin; la grand'-mère se calmait; elle toussait moins, on ne lui parlait que de paix, de tranquillité, du retour de Jean Merlin, et la pauvre femme se remettait tout doucement, quand un matin deux gendarmes prussiens firent halte à l'auberge; comme ces gens passaient d'ordinaire sans s'arrêter, cela me surprit, et quelques instants après, la fille du père Ykel monta me dire de descendre, qu'on me demandait.

Etant donc descendu, je trouvai ces deux grands gaillards en hautes bottes, au milieu de la salle; leurs casques touchaient presque le plafond. Ils me demandèrent s'ils parlaient au nommé Frédéric, autrefois brigadier forestier du Thomenthâl. Je leur répondis que oui; et l'un d'eux, ôtant ses gros gants pour fouiller dans sa sacoche, me remit une lettre que je lus aussitôt.

C'était un ordre du commandant de Phalsbourg d'évacuer le pays dans les vingt-quatre heures.

Tu comprends, Georges, quelle impression cela me fit; je devins pâle et je demandai ce qui pouvait m'attirer une sommation aussi terrible.

« Cela ne nous regarde pas, me répondit l'un des gendarmes. Tâchez d'obéir, ou l'on prendra d'autres mesures. »

Là-dessus ils remontèrent à cheval; et le père Ykel, seul avec moi, me voyant tout défait, tout saisi d'une pareille abomination, ne sachant lui-même quoi dire, ni quoi penser, s'écria :

« Au nom du ciel, Frédéric, qu'avez-vous fait? Vous n'êtes pourtant pas un homme considérable, et dans notre pauvre village, on aurait dû vous oublier depuis longtemps. »

Je ne répondais rien, je ne me souvenais de rien; je ne songeais qu'à la désolation de ma fille et de la pauvre vieille grand'mère, lorsqu'elles apprendraient ce nouveau malheur.

Pourtant à la fin je me rappelai mes paroles imprudentes à la brasserie Vacheron, le jour de ma dispute avec Toubac; et le père Ykel, au premier mot, me dit que tout venait de là, que Toubac m'avait dénoncé pour sûr; qu'il ne me restait plus qu'un moyen, c'était de courir tout de suite supplier le commandant de m'accorder un peu de temps, en considération de la grand'mère, âgée de quatre-vingts ans passés, gravement malade, et qui mourrait immanquablement en route. Il fit venir aussitôt le maître d'école, et me donna, comme maire de la commune, une attestation en règle, touchant mes bons antécédents, la position malheureuse de la famille; enfin il dit tout ce qu'on pouvait dire de plus touchant et de plus vrai dans une occasion pareille. Il me recommanda surtout d'aller trouver aussi M. Semperlin, pour confirmer son attestation par un certificat de maladie, pensant qu'ainsi le commandant se laisserait attendrir et voudrait bien attendre que la pauvre vieille fût en état de supporter le voyage.

Dans mon trouble, ne voyant pas autre chose à faire, je partis.

Marie-Rose ne savait rien, ni la grand'mère non plus; je n'aurais pas eu le courage de leur annoncer le coup qui nous menaçait. Partir seul, me sauver loin des barbares qui nous précipitaient froidement dans toutes les misères, ne m'aurait rien fait; mais les autres!... Ah! je n'osais pas y penser!...

Avant midi, j'étais à Phalsbourg, dans un état de trouble épouvantable; tous les malheurs qui nous ont écrasés depuis défilaient devant mes yeux.

Je vis le docteur, qui déclara simplement dans son certificat que la malade, vieille, faible, et du reste dépourvue de toutes ressources, ne supporterait pas seulement deux heures de route sans mourir.

« Voilà! dit-il en me remettant le papier, c'est l'exacte vérité. Je pourrais ajouter que votre départ la tuerait aussi, mais cela ne ferait rien au commandant; si ceci ne le touche pas, le reste serait également inutile.»

Je me rendis donc à la commandature, établie dans l'ancien hôtel du gouvernement, rue du Collége. L'humiliation de prier des gueux que je détestais n'était pas la moindre de mes douleurs : moi, un vieux forestier français, un vieux serviteur de l'Etat, la tête grise et sur le point d'avoir ma retraite, aller m'abaisser à supplier des ennemis aussi durs, aussi fiers de leurs victoires obtenues par le nombre !.... Enfin, pour la grand'mère, pour la veuve du vieux Bruat, je pouvais tout supporter !...

Un grand pendard en uniforme et gros favoris roux me fit attendre longtemps dans le vestibule ; on déjeunait à la commandature, et seulement vers une heure j'eus l'ordre de monter. En haut, un autre factionnaire me retarda encore, et puis, ayant eu la permission de passer dans une grande chambre sur le jardin de l'Arsenal, je frappai à la porte du commandant, qui me cria d'entrer. Je vis là un homme fort, la face pourpre, qui se promenait en passant les manches de son uniforme et soufflant dans ses joues d'un air de mauvaise humeur. Je lui racontai humblement ma position, et je lui remis mes certificats, qu'il ne se donna même pas la peine de lire et qu'il jeta sur la table.

« Tout cela ne signifie rien, dit-il brusquement. Vous êtes signalé comme un être dangereux, ennemi acharné des Allemands. Vous avez détourné vos hommes de prendre du service chez nous ; votre gendre est allé rejoindre les bandits de Gambetta. Vous vous êtes vanté dans une brasserie d'avoir refusé les offres de l'*Oberferster* de Zorntadt : en voilà quatre fois plus qu'il n'en faut pour mériter d'être mis à la porte. »

Je lui parlai de l'état de la grand'mère.

« Eh bien ! laissez-la dans son lit, fit-il ; l'ordre du *Kreisdirector* n'est que pour vous. »

Puis, sans m'écouter davantage, il entra dans une chambre à côté, appelant un domestique, et referma la porte derrière lui.

Je redescendis bouleversé ; ma dernière espérance était perdue, il ne me restait aucune ressource, il fallait partir, il fallait annoncer ce malheur à ma fille, à la grand'mère ! Je savais ce qui allait en résulter ; et le front courbé, je passai la porte d'Allemagne, le pont, l'avancée, sans rien voir. Sur les glacis, au Biechelberg, tout le long du chemin sous bois et par la vallée, j'étais comme fou de désespoir ; je parlais en moi-même, je criais, regardant les arbres et levant la main.

« Maintenant, la malédiction est sur nous !... Maintenant la pitié, la honte du crime, le remords de la conscience sont abolis !..... Il ne reste plus que la force. Qu'on nous extermine, qu'on nous égorge ! Que les scélérats étranglent la vieille femme dans son lit, qu'ils pendent la fille à la porte, et moi qu'ils me hachent en morceaux !.... Cela vaudra mieux.... Cela sera moins barbare que de nous arracher des bras l'un de l'autre, de forcer le fils d'abandonner la mère au lit de mort !... »

Et j'allais, je trébuchais. Les forêts, les ravins, les rochers me paraissaient pleins de ces vieux brigands, de ces Pandours dont j'avais entendu parler durant mon enfance ; je croyais les entendre chanter autour de leurs feux, en se partageant le pillage ; toutes les vieilles misères d'avant la grande Révolution me revenaient. La trompette lointaine des Prussiens en ville, qui beuglait ses trois notes sauvages dans les échos, me semblait réveiller ces anciens scélérats réduits en poussière depuis des siècles.

Tout à coup la vue des baraques du Graufthâl me réveilla de ces rêves ; j'eus comme un frisson en pensant que le moment était venu de parler, de dire à ma fille, à la grand'mère, que j'étais banni, chassé du pays. Cela me produisait l'effet d'une condamnation à mort, qu'il aurait fallu prononcer moi-même contre ceux que j'aimais le plus au monde. Je ralentissais le pas pour ne pas arriver trop vite, quand levant les yeux, après avoir dépassé les premières baraques, j'aperçus Marie-Rose dans la petite allée sombre de l'auberge ; sa vue seule m'avertit qu'elle savait tout.

« Eh bien, mon père ? fit-elle à voix basse, sur le seuil.

— Eh bien, lui répondis-je en tâchant de me raffermir, il faut que je parte... Mais vous autres, vous pouvez rester.... on vous donne la permission de rester. »

En même temps j'entendis la grand'mère gémir en haut dans son lit. Kettel, le matin, au moment de mon départ, était montée bien vite raconter le malheur à ma fille ; la pauvre vieille avait tout entendu.

La nouvelle courait déjà tout le hameau ; les gens autour de nous écoutaient ; et voyant que le grand coup était porté, je dis à tous ceux qui voulaient l'entendre comment le commandant prussien m'avait reçu.

La foule des voisins et des voisines prêtait l'oreille autour de moi, sans murmurer une parole ; tous avaient peur d'éprouver le même sort.

La grand'mère, ayant reconnu ma voix, m'appelait :

« Frédéric !... Frédéric !... »

Rien que de l'entendre, la sueur me couvrait la face. Je montai, répondant :

« Me voilà, grand'mère, me voilà !.... Mon Dieu, pourquoi tant gémir ! Ceci n'aura qu'un temps.... Je reviendrai !.... Maintenant on se méfie de moi... on a tort, grand'mère... mais les autres sont les plus forts !...

— Ah ! criait-elle, vous partez, Frédéric, vous partez comme le pauvre Jean... Je savais bien qu'il était parti pour se battre... Je savais tout.... Je ne vous verrai plus ni l'un ni l'autre.

— Pourquoi, grand'mère, pourquoi ? Dans quelques semaines j'aurai la permission de rentrer.... et Jean aussi reviendra après la guerre !....

— Je ne vous verrai plus ! » criait-elle.

Et ses sanglots redoublaient.

Les gens, curieux et même cruels dans leur curiosité, étaient montés l'un après l'autre ; nos trois petites chambres en étaient pleines ; ils ne respiraient pas, ils avaient ôté leurs sabots au bas de l'escalier ; ils voulaient tout voir, tout entendre ; mais alors, découvrant cette pauvre vieille dans l'ombre de ses grands rideaux gris, qui sanglotait en me tendant les bras, presque tous se dépêchèrent de redescendre et de se sauver chez eux. Il ne resta que le grand Starck, le père Ykel et sa fille Kettel.

« Grand'mère Anne, disait le père Ykel, ne vous faites donc pas des idées pareilles. Frédéric a raison.... il faut être raisonnable.... La paix faite, tout rentrera dans l'ordre. Vous êtes arrivée à quatre-vingt-trois ans et moi j'en ai près de soixante-dix.... Qu'est-ce que cela fait ? J'espère bien revoir Jean, le père Frédéric, et tous ceux qui sont partis....

— Ah ! faisait-elle, j'ai trop souffert ; maintenant c'est fini ! »

Et jusqu'au soir elle ne cessa point de gémir.

Marie-Rose, toujours courageuse, ouvrait les armoires et préparait mon paquet, car je n'avais pas de temps à perdre ; le lendemain, il fallait être en route. Elle avait sorti mes habits et mes meilleures chemises sur la table, et me demandait à voix basse, pendant que la grand'mère continuait de pleurer :

« Tu prends ceci, mon père ? Et cela ? »

Je lui répondais :

« Fais comme tu penseras, mon enfant. Moi, je n'ai plus l'esprit à rien. Mets seulement mon uniforme dans le paquet, c'est le principal. »

Ykel, sachant que le moment pressait, nous dit de ne pas nous inquiéter du souper, que nous souperions avec eux ; nous acceptâmes.

Ce soir-là, Georges, à table on parla peu. Kettel, en haut, veillait la grand'mère. Et la nuit étant venue, mon paquet étant prêt, on se coucha de bonne heure.

Je ne dormis guère, tu peux me croire. Les plaintes de la grand'mère, et puis mes réflexions, l'incertitude de savoir où me rendre, le peu d'argent que je voulais garder pour le voyage, car il fallait laisser de quoi vivre à la maison, tout me tenait éveillé, malgré la fatigue et le chagrin qui m'accablaient. Et durant cette longue nuit, en me demandant où aller, quoi faire, quel chemin prendre, à qui m'adresser pour gagner mon pain, en retournant ces idées cent fois dans ma tête, je finis par me rappeler mon ancien garde général, M. d'Arence, l'un des meilleurs hommes que j'aie connus, qui m'avait toujours aimé, et même protégé du temps que j'étais sous ses ordres, comme simple garde, bien des années avant. Je me rappelai qu'on le disait retiré à Saint-Dié, et j'espérai, si j'avais le bonheur de le trouver encore en vie, qu'il me recevrait bien et m'aiderait un peu dans le malheur. Cette idée me vint le matin ; je la trouvai bonne et je m'endormis alors une ou deux heures.

Mais au petit jour j'étais debout. Le moment terrible approchait ; à peine hors du lit, la grand'mère m'avait entendu et m'appelait.

Marie-Rose était aussi levée, elle avait préparé notre déjeuner pour le départ ; Ykel avait fait monter une bouteille de vin.

M'étant donc habillé, j'entrai dans la chambre de la grand'mère, tâchant de raffermir mon cœur, mais sachant bien que je ne la verrais plus.

Elle semblait plus calme, et me dit d'abord de m'approcher, en m'entourant le cou de ses deux bras et me disant :

« Mon fils... car vous avez été mon fils... un bon fils pour moi... Mon fils Frédéric, je vous bénis !... Je vous souhaite tout le bonheur que vous méritez !... Ah ! les souhaits ne servent pas de grand'chose, et les bénédictions des pauvres gens non plus !... Sans cela, cher Frédéric, vous ne seriez pas si malheureux !... »

Elle pleurait ; moi je ne pouvais plus retenir mes larmes. Marie-Rose, debout contre le lit, sanglotait tout bas.

Et comme la grand'mère me retenait toujours, je lui dis :

« Ecoutez, grand'mère, votre bénédiction et vos bonnes paroles me font autant de bien que si vous pouviez me combler de toutes les richesses du monde ; c'est ma consolation de penser que je vous reverrai bientôt.

— Peut-être nous reverrons-nous ailleurs, fit-elle ; mais ici-bas, sur cette terre, je vous dis adieu.... Adieu, Frédéric... adieu ! »

Elle me serrait, en m'embrassant de ses lèvres tremblantes ; et puis, m'ayant lâché et détournant la tête, elle me retint encore la main un instant, et, se remettant à sangloter, elle répéta tout bas :

Mais elle me le cachait (p. 63).

« Adieu! »

Je sortis; les forces me manquaient.

Dans la chambre à côté, je pris un verre de vin et je mis une croûte de pain dans ma poche. Marie-Rose était près de moi; je lui fis signe de descendre doucement, pour que la grand'mère ne pût pas entendre nos sanglots au moment du départ.

Nous descendîmes donc en silence dans la grande salle en bas, où le père Ykel nous attendait avec d'autres amis : Starck, qui nous avait aidés à déménager de la maison forestière, Hulot, et quelques autres braves gens.

On se dit adieu; puis dans l'allée j'embrassai Marie-Rose comme un père malheureux embrasse son enfant, et dans cet embrassement je lui souhaitai tout ce qu'un homme peut souhaiter à l'être qu'il aime plus que sa propre existence, et qu'il estime comme on estime la vertu, la bonté, le courage. Et tout aussitôt, mon paquet au bout du bâton, je partis sans retourner la tête.

CHAPITRE XV

Le chemin de l'exil est long, Georges, et les premiers pas que l'on fait sur ce chemin sont lourds. Celui qui disait qu'on n'emporte pas la patrie à la semelle de ses souliers se connaissait en souffrances humaines.

Et quand on laisse derrière soi son enfant,

Ma pauvre enfant était étendue là (p. 67).

quand on croit encore entendre en marchant la grand'mère vous dire adieu, quand du haut de la montagne qui vous abritait du vent et vous couvrait de son ombre, au dernier détour du sentier, avant la descente, on se retourne et qu'on regarde sa vallée, sa maisonnette, son verger, en pensant : « Tu ne les verras plus! » alors, Georges, il vous semble que la terre vous retient, que les arbres vous tendent les bras, que l'enfant pleure au loin, que la grand'mère vous rappelle au nom de Dieu!

Oui, j'ai senti tout cela sur la côte de Berlingen et j'en frémis encore.

Et dire que des vermisseaux comme nous osent imposer de pareilles souffrances à leurs semblables!... Que le Tout-Puissant ait pitié d'eux; l'heure de la justice viendra pourtant!

M'étant arraché de là, je continuai ma route.

J'allais, je descendais les reins courbés, et le cher pays s'éloignait lentement. Oh! que je souffrais, que de pensées lointaines me revenaient! Les bois, les sapinières, les vieilles scieries s'en allaient!...

J'approchais de Schoenbourg et je commençais à redescendre la seconde côte, perdu dans mes rêveries et mon désespoir, quand tout à coup un homme à cinquante pas devant moi, le fusil en bandoulière, sortit de la forêt en me regardant. Cette vue me tira de mes tristes pensées, je levai les yeux : c'était Hepp l'ancien brigadier, que les Prussiens avaient embauché et qui seul de nous tous avait pris du service chez eux.

« Hé! fit-il bien étonné, c'est vous, père Frédéric ?

— Oui, lui répondis-je, c'est moi.

— Mais où donc allez-vous de si bon matin, un paquet sur l'épaule?

— Je vais où Dieu voudra.... Les Allemands me chassent.... Je vais gagner ma vie ailleurs. »

Il était devenu tout pâle. J'avais fait halte une seconde pour respirer.

« Comment! dit-il, on vous chasse à votre âge! vous, un vieux forestier, un bon chef, un honnête homme qui n'a jamais fait de tort à personne!

— Oui! on ne veut plus de moi dans ce pays. On m'accorde vingt-quatre heures pour quitter la vieille Alsace, et je suis en route....

— Et Marie-Rose... et la grand'mère?

— Elles sont au Graufthâl, chez Ykel. La grand'mère va mourir... les autres l'enterreront! »

Hepp, le front penché et les yeux à terre, leva la main en murmurant :

« Quel malheur!... quel malheur!... »

Je ne répondais rien, je m'essuyais la figure couverte de sueur.

Au bout d'un instant, sans me regarder, il dit en toussant tout bas :

« Ah! si j'avais été seul avec ma femme! Mais j'ai six enfants... je suis leur père... je ne pouvais pas les laisser mourir de faim!... Vous aviez quelques sous d'économie... moi, je n'avais pas un centime.... »

Alors, voyant cet homme en place, car il était brigadier forestier allemand, voyant cet homme qui s'excusait devant un malheureux banni comme moi, ne sachant non plus que lui répondre, je dis :

« Mon Dieu! voilà!... A chacun son fardeau.... Allons... allons... au revoir.... »

Il aurait bien voulu me donner la main, mais je détournai les yeux, et je continuai ma route, en pensant :

« Celui-ci, Frédéric, est encore plus malheureux que toi ; son chagrin est épouvantable; il a vendu sa conscience aux Prussiens pour un morceau de pain noir! Au moins, toi, tu peux regarder tout le monde en face; tu peux dire, malgré ta misère : — Je suis un honnête homme!...

« Et lui n'ose plus regarder un vieux camarade; il rougit, il baisse la tête!... Les autres ont profité de ce qu'il avait six enfants pour l'acheter. »

En songeant à cela, je repris un peu de courage, reconnaissant que j'avais bien fait, malgré tout, et que, à la place de Hepp, je me serais sans doute déjà pendu quelque part au coin d'un bois. Cela me consolait un peu. Que veux-tu? on est toujours content d'avoir pris le meilleur parti, même lorsqu'on n'avait à choisir qu'entre les plus grandes misères.

Puis ces idées s'effacèrent aussi, d'autres vinrent à leur place.

Il faut te dire que dans tous les villages et même dans les plus petits hameaux où je passais, les pauvres gens me voyant en route, à mon âge, le paquet sur l'épaule, me recevaient bien ; ils comprenaient que j'étais de ceux qu'on chassait parce qu'ils aimaient la France; les femmes, devant leurs portes, l'enfant sur les bras, me disaient avec attendrissement :

« Dieu vous conduise!... »

Dans les petites auberges où je faisais halte de temps en temps pour reprendre des forces à Lutzelbourg, à Dabo, à Viche, on ne voulai rien recevoir pour ma dépense. Aussitôt que j'avais dit : « Je suis un vieux brigadier forestier; les Allemands me chassent parce que je n'ai pas voulu prendre de service chez eux!... » j'avais le respect de tout le monde.

Naturellement aussi je n'acceptais pas les bonnes offres qu'on me faisait, je payais, car, dans ce temps de contributions forcées, personne n'avait rien de trop.

Tout ce pays tenait avec la République; et plus j'avançais du côté des Hautes-Vosges, plus on parlait de Gambetta, de Chanzy, de Faidherbe; mais plus aussi les réquisitions étaient fortes et les villages infestés de landwehr.

A Schirmeck, où j'arrivai le même jour vers huit heures du soir, je vis en entrant à l'auberge un « Feldwèbel », un percepteur, un commissaire qui buvaient et fumaient, au milieu d'une quantité de leurs gens attablés comme eux.

Tous retournèrent la tête et se mirent à m'inspecter, pendant que je demandais à loger pour une nuit.

Le commissaire m'ordonna de lui montrer mes papiers; il examina tout en détail, les signatures et les timbres; ensuite, il me dit :

« Vous êtes en règle jusqu'à présent, mais demain, au petit jour, vous devez être en route. »

Après cela, l'aubergiste osa me servir à manger; et l'auberge étant occupée par les fonctionnaires prussiens, on me conduisit coucher à la grange, où je m'endormis sur une botte de paille. Il gelait dehors, mais la grange était près de l'étable, il y faisait chaud, je dormis bien à cause de la fatigue. Le sommeil, Georges, est la consolation des malheureux; si j'avais à parler de la bonté de Dieu, je dirais qu'il nous appelle tous les jours quelques heures auprès de lui, pour nous faire oublier nos misères.

Le lendemain, une sorte de calme avait remplacé mon abattement; je partis plus ferme, allongeant le pas à travers la plaine, pour gagner Rothau. L'idée de Jean Merlin me revint. Peut-être avait-il suivi la même route, c'était la plus courte. Quel bonheur si j'allais trouver en chemin de ses nouvelles et les envoyer à Marie-Rose! quelle consolation dans notre malheur! Mais il ne fallait pas l'espérer, tant d'autres depuis trois mois avaient grimpé de Rothau à Provenchères, des Français et des Allemands, des étrangers dont personne ne voulait avoir gardé le souvenir!

J'y songeais pourtant! Et tout en marchant d'un bon pas, j'admirais les belles forêts de ce pays de montagnes, les immenses sapins qui bordent la route et qui me rappelaient ceux du Fâlberg, près de Saverne; leur vue me touchait: c'étaient comme de vieux camarades, qui vous reconduisent encore quelques heures, avant les derniers adieux.

Enfin le mouvement, l'air vif du haut pays, le bon accueil des braves gens, l'espérance de retrouver mon ancien garde général d'Arence, et surtout la volonté de ne pas me laisser abattre, quand ma pauvre enfant et la grand'mère avaient encore si besoin de moi, tout cela me réveillait; je m'écriais à chaque pas:

« Frédéric, du courage.... tous les Français ne sont pas morts.... à la fin peut-être les beaux jours reviendront.... Ceux qui se désespèrent sont perdus; les pauvres petits oiseaux que l'hiver chasse de leurs nids et qui s'en vont au loin chercher les graines et les insectes qui les font vivre, souffrent aussi, mais le printemps les ramène!... Cela doit te servir d'exemple.... Encore un bon coup de collier et tu seras sur le plateau; de Provenchères tu n'auras plus qu'à descendre. »

Ainsi grimpant, m'encourageant et me cramponnant, tout fatigué que j'étais, j'atteignis Provenchères au milieu du jour et j'y fis halte.

Je bus un bon verre de vin à l'auberge des Deux-Clés, et là j'appris que M. d'Arence était toujours à Saint-Dié, inspecteur des eaux et forêts, qu'il avait même commandé la garde nationale dans les derniers événements.

Cette nouvelle me fit grand plaisir; je repartis de là plein d'espérance; et le soir, ayant atteint Sainte-Marguerite, au fond de la vallée, je n'eus plus qu'à suivre la route nationale jusqu'à la ville, où j'arrivai tellement fatigué, qu'il me restait à peine la force de me tenir debout.

Je fis halte à la première petite auberge de la rue du Faubourg-Saint-Martin, et j'eus le bonheur d'y trouver un lit, où je dormis encore mieux que dans ma grange de Schirmeck.

La trompette des Prussiens m'éveilla de bon matin; un de leurs régiments occupait la ville; le colonel logeait à l'évêché, et les autres officiers et leurs soldats chez les habitants; les réquisitions en foin, paille, viande, farine, eaux-de-vie, tabac, etc., allaient leur train à Saint-Dié comme ailleurs.

Je sortis de mon paquet une chemise propre, et je mis mon uniforme, me rappelant que M. d'Arence avait toujours fait grande attention à la tenue de ses hommes. Le caractère ne change pas, on est à cinquante ans ce qu'on était à vingt. Puis je descendis dans la salle d'auberge, et je m'informai du logement de M. l'inspecteur des forêts.

Une bonne vieille femme, la mère Ory, qui tenait cet établissement, me dit qu'il demeurait au coin du grand pont, à gauche, en arrivant à la gare. Je m'y rendis aussitôt.

Il faisait un temps clair et froid; la grande rue, qui descend de la gare à la cathédrale, était toute blanche de neige et les montagnes autour de la vallée aussi. Quelques soldats allemands, dans leur longue capote couleur de terre et coiffés du bonnet plat, emmenaient au loin, devant la mairie, une charretée de vivres; deux ou trois servantes remplissaient leur cuveau à la jolie fontaine de la Meurthe. Du reste, on ne voyait rien, les gens se tenaient enfermés chez eux.

Sous la porte de M. l'inspecteur, m'étant arrêté deux minutes pour réfléchir, j'allais monter, quand un grand bel homme en pantalon à la hussarde, la taille serrée dans une redingote à brandebourgs, la casquette verte à galons d'argent un peu sur l'oreille, se mit à descendre l'escalier.

C'était M. d'Arence, toujours droit, les épaules effacées, la barbe brune et le teint frais comme à trente ans; je le reconnus aussitôt. Sauf la tête grisonnante, il n'était pas changé; mais lui ne me reconnut pas d'abord; et seulement quand je lui rappelai son ancien garde Frédéric, il s'écria:

« Comment, c'est vous, mon pauvre Frédéric! Décidément, nous ne sommes plus jeunes. »

Non, je n'étais plus jeune, et ces derniers mois m'avaient encore vieilli, je le savais bien. Enfin il fut tout de même content de me voir.

« Montons, dit-il, nous causerons plus à l'aise. »

Et nous montâmes.

Il me fit entrer dans un grand bureau sombre, les persiennes fermées, puis dans son cabinet, où pétillait un bon feu dans un grand poêle de faïence; et m'ayant dit de prendre une chaise, nous causâmes longtemps du pays. Je lui racontai toutes nos misères depuis l'arrivée des Allemands; il m'écoutait les lèvres serrées, le coude au bord du secrétaire, et finit par me dire :

« Oui, c'est terrible!... Tant d'honnêtes gens sacrifiés à l'égoïsme de quelques malheureux!... Nous expions durement nos fautes; mais les Allemands auront leur tour. En attendant, il ne s'agit pas de cela, vous devez être gêné; vous êtes sans doute à bout de ressources? »

Naturellement, je lui dis la vérité; je lui dis qu'il avait fallu laisser de quoi vivre à la maison, et que je cherchais du travail.

Alors il ouvrit tranquillement un tiroir, en me disant que j'avais droit, comme les autres brigadiers d'Alsace, à mon dernier trimestre, qu'il allait m'en faire l'avance, et que je le rembourserais plus tard.

Je n'ai pas besoin de te peindre ma satisfaction de recevoir des pièces de cent sous dans un aussi pressant besoin; cela m'attendrissait tellement que j'en avais les larmes aux yeux et que je ne savais comment le remercier.

Il vit bien à ma figure ce que je pensais, et, comme j'essayais de lui tourner un petit remercîment, il dit :

« C'est bien.... c'est bien, Frédéric.... Ne parlons pas de cela.... Vous êtes un brave homme.... un bon serviteur de l'Etat.... Je suis content de vous rendre service. »

Mais ce qui me fit encore plus de plaisir que le reste, c'est quand, au moment de partir et déjà levé, il me demanda si plusieurs gardes de notre inspection n'avaient pas rejoint l'armée des Vosges.

Aussitôt l'idée de Jean me vint; je pensai qu'il en avait peut-être des nouvelles. Malgré cela je lui citai d'abord le grand Kern et Donadieu, puis seulement Jean Merlin, parti le dernier, et qui sans doute avait suivi le même chemin que moi, par Schirmeck et Rothau.

« Un grand et solide gaillard, fit-il, à moustaches brunes, ancien chasseur à cheval; n'est-ce pas cela?

— Oui, monsieur, lui répondis-je dans le plus grand trouble, c'est mon gendre.

— Eh bien, dit-il, ce brave garçon a passé par ici. Je lui ai donné les moyens et les indications nécessaires pour se rendre à Tours. Si vous êtes inquiet de lui, rassurez-vous, il a rejoint.... il est à son poste. »

Nous arrivions alors au bas de l'escalier; sur la porte, M. d'Arence me donna la main, puis il partit, traversant le pont, et moi je remontai vers la gare, plus heureux qu'il ne m'est possible de le dire.

Je voyais d'avance la joie de Marie-Rose, j'entendais la pauvre grand'mère remercier Dieu, en apprenant la bonne nouvelle; il me semblait que nos plus grandes misères étaient passées, que le soleil se remettait à luire pour nous à travers les nuages. Je marchais la tête pleine de bonnes idées; et comme j'entrais dans la salle du *Lion-d'Or*, la mère Ory en me regardant s'écria :

« Ah! mon brave homme, il vous est arrivé quelque chose d'heureux.

— Oui, lui répondis-je en riant, je ne suis plus le même homme qu'hier soir. Les grandes misères ne sont pas toujours pour les mêmes! »

Et je lui racontai ce qui venait de se passer. Elle me regardait de bonne humeur; mais quand je lui demandai du papier, pour écrire tout cela au Graufthâl, elle me dit en joignant les mains :

« A quoi pensez-vous? Ecrire que votre gendre est à l'armée, qu'il a reçu des secours de M. d'Arence pour faire sa route! mais M. l'inspecteur serait arrêté demain, et vous aussi, et votre fille! Vous ne savez donc pas que les Allemands ouvrent toutes les lettres; que c'est leur meilleur moyen d'espionnage, et qu'ils cherchent toutes les occasions de mettre des contributions sur la ville? rien que pour une lettre pareille, on nous imposerait encore des réquisitions. Gardez-vous d'une si grande imprudence! »

Alors, reconnaissant qu'elle avait raison, je perdis d'un seul coup toute ma joie; c'est à peine s'il me resta le courage d'écrire à Marie-Rose que j'étais arrivé en bonne santé et que j'avais reçu quelques petits secours de mon ancien garde général. Tout me paraissait de trop; j'avais peur qu'un point, une virgule ne servît de prétexte aux gueux pour intercepter ma lettre et me chasser plus loin.

Ah! quel malheur de ne pouvoir pas même envoyer un mot d'espérance et de consolation à ceux que l'on aime, surtout dans des moments aussi cruels. Et faut-il être barbare, pour faire un crime au père des paroles consolantes qu'il envoie à son enfant, d'une bonne nouvelle envoyée par le fils à sa mère mourante !

Voilà pourtant ce que nous avons vu.

Les lettres annonçant la mort de ses proches, les nouveaux désastres de la patrie, arrivaient seules, ou bien encore des mensonges, des nouvelles de victoires inventées par l'ennemi, et qu'il faisait suivre le lendemain de l'annonce de quelque défaite.

CHAPITRE XVI

Depuis ce jour, n'osant pas écrire ce que je savais et ne recevant pas de nouvelles de la maison, je vécus dans la tristesse.

Représente-toi, Georges, un homme de mon âge, seul au milieu des étrangers, dans une petite chambre d'auberge, regardant des heures entières la neige voltiger contre ses vitres, écoutant les bruits du dehors, — une charrette qui passe, un peloton de Prussiens qui fait sa ronde, un chien qui aboie, des gens qui se disputent, — sans autre distraction que ses rêveries et ses souvenirs.

« Que fait-on là-bas ? La grand'mère vit-elle encore ? Et Marie-Rose, qu'est-elle devenue... et Jean.... et tous les autres ? »

Toujours ce poids sur le cœur !

« Il n'arrive pas de lettres, tant mieux..., dans un cas de malheur, Marie-Rose m'aurait écrit. Elle n'écrit pas.... tant pis !.... Peut-être est-elle aussi malade ! »

Ainsi de suite du matin au soir.

Quelquefois, quand des voix bourdonnaient en bas dans la salle, je descendais pour apprendre des nouvelles de la guerre. L'espérance — ce grand mensonge qui dure toute la vie — est tellement enracinée dans notre âme, qu'on s'y cramponne jusqu'à la fin.

Je descendais donc, et là, le long des tables, autour du fourneau, des gens de toute sorte, marchands, paysans, rouliers, causaient de combats dans le Nord, dans l'Est, de pillages, de fusillades, d'incendies, de contributions forcées, d'otages..., qu'est-ce que je sais ?

Paris se défendait toujours; mais du côté de la Loire, nos jeunes troupes avaient été forcées de reculer : les Allemands étaient trop ! Il en arrivait par tous les chemins de fer ; et puis, les armes, les munitions nous manquaient. Cette jeune armée, rassemblée à la hâte, était forcée de soutenir cette rude guerre, et ce poids terrible devait l'écraser à la longue.

C'est ce que racontaient les journaux de la Belgique, de la Suisse, que des voyageurs laissaient quelquefois en passant.

Le bombardement de Belfort continuait. Le temps était affreux ; la neige, les gelées les plus froides se suivaient. On aurait dit que l'Eternel se mettait contre nous.

Moi, Georges, il faut que je l'avoue, après tant de malheurs, j'étais abattu ; la moindre rumeur m'inquiétait, j'avais toujours peur d'apprendre de nouveaux désastres; quelquefois aussi l'indignation m'emportait jusqu'à vouloir partir malgré mes vieilles jambes, et me faire exterminer n'importe où, pour en finir.

L'ennui, le découragement avaient pris le dessus, quand enfin je reçus une lettre de ma fille.

La grand'mère était morte !

Marie-Rose allait venir me rejoindre à Saint-Dié. Elle me disait de louer un petit logement, voulant amener quelques-uns de nos meubles, du linge, de la literie, et vendre le reste au Graufthâl, avant son départ.

Elle me disait aussi que Starck s'était offert de la conduire sur sa charrette, par Sarrebourg, Lorquin, Raon-l'Etape ; que le voyage durerait bien trois jours, mais que nous pourrions nous embrasser vers la fin de la semaine.

Ainsi, la pauvre grand'mère avait cessé de souffrir ; elle reposait à côté de Catherine, sa fille, et du père Bruat, que j'avais tant aimés ! Je me dis qu'ils avaient tous eu plus de chance que moi ; qu'ils dormaient parmi les anciens, à l'ombre de nos montagnes.

L'idée de revoir ma fille me fit du bien. Je me représentai que nous ne serions plus seuls, que nous pourrions vivre sans grande dépense jusqu'à la fin de l'invasion; et puis qu'au retour de Jean, lorsqu'il serait replacé quelque part, nous rebâtirions notre nid dans le fond d'un bois; que j'aurais ma retraite ; et que, malgré toutes nos misères, je finirais mes jours dans le calme et la paix, au milieu de mes petits-enfants.

Cela me paraissait naturel. Je me représentais que Dieu est juste, et que tout rentrerait bientôt dans l'ordre.

C'est le 5 janvier 1871 que Marie-Rose arriva.

J'avais loué, pour 12 francs par mois, deux petites chambres et la cuisine au second étage de la maison voisine du *Lion-d'Or*, chez M. Michel, jardinier, un bien brave homme, qui nous a rendu par la suite de grands services.

Il faisait très-froid ce jour-là.

Marie-Rose m'avait bien écrit qu'elle viendrait, mais sans me dire si ce serait le matin ou le soir; j'étais donc forcé d'attendre.

Vers midi, la charrette de Starck parut enfin au bout de la rue, toute couverte de meubles et d'effets de literie.

Marie-Rose était sur la voiture, dans la grosse pèlerine de sa mère; le grand charbonnier, devant, conduisait ses chevaux par la bride.

Je descendis et je courus à leur rencontre. J'embrassai Starck, qui venait de faire halte, puis ma fille, en lui disant tout bas :

« J'ai des nouvelles de Jean... Il a passé par Saint-Dié... C'est M. d'Arence qui lui a donné les moyens de traverser les lignes prussiennes et de rejoindre l'armée de la Loire. »

Elle ne répondit pas; mais comme je parlais, je sentis sa poitrine se gonfler et ses bras me serrer avec une force extraordinaire.

On se remit en route; cinquante pas plus loin, nous étions devant notre logement. Starck mena ses chevaux à l'écurie du *Lion-d'Or*. Marie-Rose entra dans la grande salle de l'auberge; et la bonne mère Ory, qui nous attendait sur la porte, lui fit prendre tout de suite une tasse de bouillon pour la réchauffer, car elle avait bien froid.

Ce même jour, Starck et moi nous montâmes les meubles. A quatre heures, tout était en place. On fit du feu dans le poêle. Marie-Rose était si fatiguée, qu'il fallut presque l'aider à monter.

J'avais bien remarqué d'abord sa pâleur et ses yeux brillants, cela m'étonnait; mais j'attribuais ce changement aux longues veillées, au chagrin, à l'inquiétude et surtout aux fatigues de ce voyage de trois jours, dans une voiture découverte, par un froid terrible. Mon Dieu! n'était-ce pas naturel après tant de souffrances? Je la savais forte; depuis son enfance elle n'avait jamais été malade; je me disais que cela se remettrait, et qu'avec un peu de soins et de tranquillité elle reprendrait bien vite ses belles couleurs.

Une fois en haut, en face du petit feu qui flamboyait, voyant la chambre bien propre, la vieille armoire au fond, les vieux cadres de la maison forestière pendus au mur, et notre vieille horloge en train de marcher dans le coin à droite, derrière la porte, Marie-Rose parut contente et me dit :

« Nous serons bien ici, mon père; nous resterons tranquilles, et les Allemands ne nous chasseront pas plus loin. Pourvu que Jean arrive bientôt, nous vivrons en paix. »

Sa voix était enrouée.

Elle voulut aussi voir la petite cuisine sur la cour; le jour arrivant par-dessus les toits rendait ce réduit un peu sombre, mais elle trouva tout bien.

Comme nous n'avions pas encore de provisions, j'avais fait apporter le dîner de l'auberge, avec deux bouteilles de vin.

Starck ne voulut rien recevoir en dehors des frais de route. Il disait que dans cette saison on n'avait pas d'ouvrage au bois, et qu'il aimait autant être venu que d'avoir laissé ses chevaux à l'écurie; mais il ne pouvait me refuser un bon dîner, et puis il aimait aussi un bon verre de vin.

Alors à table Marie-Rose me raconta la mort de la pauvre grand'mère en détail; comment elle s'était éteinte, après avoir crié trois jours et trois nuits de suite, dans ses rêves : « Bruat!.... Frédéric!.... Les Allemands!... Frédéric!... ne m'abandonnez pas... Emmenez-moi avec vous! » Enfin le bon Dieu avait fini par la prendre, et la moitié du Graufthâl l'avait accompagnée par les neiges jusqu'à Dôsenheim, pour l'enterrer avec les nôtres.

En racontant ces choses tristes, Marie-Rose ne pouvait retenir ses larmes, et de temps en temps elle s'arrêtait pour tousser, c'est pourquoi je lui dis que c'était assez comme cela, que je ne voulais pas en apprendre davantage.

Et le dîner étant fini, je remerciai Starck des services qu'il nous avait rendus. Je lui dis que dans le malheur on apprend à connaître ses véritables amis, et d'autres choses justes qui lui firent plaisir, parce qu'il les méritait. Sur les six heures il repartit, malgré tout ce que je pus lui dire pour l'engager à rester. Je l'accompagnai jusqu'au bout de la rue, le priant de remercier le père Ykel et sa fille de ce qu'ils avaient fait pour nous; et, s'il allait du côté de Felsberg, de raconter à la mère Margrédel dans quel état nous étions, et de l'engager surtout à nous envoyer toutes les nouvelles de Jean qu'elle pourrait recevoir.

Il le promit, et nous nous séparâmes.

Je revins alors tout pensif, content d'avoir mon enfant près de moi, mais inquiet du gros rhume qui l'empêchait de parler. Pourtant, je n'avais aucune crainte sérieuse, comme je te l'ai dit, Georges. Quand on a toujours vu les personnes en bonne santé, on sait bien que de pareils accidents ne signifient pas grand'chose.

Il nous restait sept ou huit semaines d'hiver à passer. Au retour du mois de mars, le soleil est déjà beau, le printemps commence; en avril, abrités comme nous l'étions par la grande côte de Saint-Martin, nous allions bientôt voir les jardinets et les prairies reverdir à l'ombre des forêts.

Nous avions aussi, au bord de nos fenêtres, deux grosses caisses de plantes grimpantes, que je me figurais d'avance étendues sur nos vitres, et qui devaient un peu nous rappeler la maison forestière.

Toutes ces choses me paraissaient bonnes, et, dans mon attendrissement de revoir Marie-Rose, je me représentais l'avenir en beau; je voulais vivre pour nous seuls, en attendant le retour de Jean, et ne nous inquiéter que le moins possible de la guerre, quoique cela soit bien difficile, lorsque le sort de la patrie est en jeu, oui, bien difficile! Je me promettais de ne dire à ma fille que les choses agréables, les victoires, si nous avions le bonheur d'en remporter, et surtout de lui cacher mes inquiétudes au sujet de Jean, dont le long silence me donnait quelquefois des idées sombres.

Au milieu de ces pensées, je remontai chez nous. La nuit était venue. Marie-Rose m'attendait auprès de la lampe; elle se jeta dans mes bras en murmurant:

« Ah! mon père, quel bonheur d'être encore une fois ensemble!

— Oui, oui, mon enfant, lui répondis-je; et d'autres, éloignés maintenant, reviendront aussi! Il faut encore un peu de patience..... Nous avons trop souffert injustement, pour que cela dure toujours. Maintenant, tu es un peu malade... ce voyage t'a fatiguée... mais ça ne sera rien! Va dormir, mon enfant, repose-toi. »

Elle entra dans sa chambre, et je me couchai, remerciant Dieu de m'avoir rendu ma fille.

CHAPITRE XVII

Ainsi, Georges, après la perte de ma place et de mes biens, acquis par trente années de travail, d'économies et de bons services; après la perte de notre cher pays, de nos vieux parents et de nos amis, j'avais encore une consolation : ma fille me restait, ma bonne et courageuse enfant, qui me souriait malgré ses inquiétudes, ses chagrins et sa souffrance, lorsqu'elle me voyait trop abattu.

Voilà ce qui m'accable quand j'y pense; je me reprocherai toujours d'avoir laissé paraître ma désolation devant elle, de n'avoir pu surmonter ma colère contre ceux qui nous avaient réduits en cet état.

Ah! c'est facile de faire bonne mine, quand rien ne vous manque; mais dans le besoin, en pays étranger, c'est autre chose.

Nous vivions avec la plus grande économie. Marie-Rose veillait à notre petit ménage, et moi, souvent assis des heures auprès de la fenêtre, rêvant à ce qui s'était passé depuis quelques mois, à l'ordre abominable qui m'avait chassé de mon pays, l'indignation me prenait tout à coup, je levais les deux bras en poussant un cri sauvage.

Marie-Rose, elle, avait plus de calme; notre humiliation, notre misère et les malheurs de la patrie la touchaient autant et peut-être plus que moi, mais elle me le cachait. Seulement, ce qu'elle ne pouvait pas me cacher, c'était ce mauvais rhume qui me donnait de l'inquiétude. Bien loin de diminuer comme je l'espérais, il augmentait pour ainsi dire de jour en jour. La nuit surtout, quand j'entendais au milieu du grand silence cette toux sèche, âpre et profonde, il me semblait que sa poitrine se déchirait : je m'asseyais sur mon lit et j'écoutais, rempli d'épouvante.

Parfois, cependant, ce rhume horrible avait l'air de se calmer, Marie-Rose dormait bien; aussitôt je reprenais courage; et songeant aux misères innombrables qui s'étendaient alors sur la France, à la grande famine de Paris, aux champs de bataille couverts de morts, aux ambulances encombrées de blessés, aux incendies, aux réquisitions, aux pillages, je me disais que nous étions encore les moins à plaindre, qu'il nous restait un peu de feu pour nous réchauffer, un peu de pain pour nous soutenir... Et puis, tant de choses incroyables arrivent à la guerre! N'avions-nous pas autrefois vaincu toute l'Europe, ce qui ne nous avait pas empêchés d'être accablés à notre tour! Les Allemands ne pourraient-ils pas éprouver le même sort?... Tous les joueurs finissent pas perdre!

Ces idées et bien d'autres semblables me roulaient dans la tête; et c'est aussi ce que me disait Marie-Rose :

« Tout n'est pas fini, mon père, tout n'est pas fini!... J'ai fait un rêve la nuit dernière... J'ai vu Jean en uniforme de brigadier forestier; nous aurons bientôt de bonnes nouvelles! »

Hélas! de bonnes nouvelles..... Pauvre enfant!... Oui... oui... tu pouvais faire de beaux

Tu es seul au monde (p. 69).

rêves ; tu pouvais voir Jean avec les galons de brigadier, te sourire et t'emmener au bras, la couronne blanche sur la tête, à la petite chapelle du Graufthâl, où vous attendait le vieux curé pour vous marier !... Cela devait arriver ainsi, mais il aurait fallu moins de gueux sur la terre, pour détourner les choses justes établies par l'Eternel.

Chaque fois que ce souvenir me revient, Georges, je crois sentir une main là qui m'arrache le cœur. Je voudrais m'arrêter, mais puisque je te l'ai promis, j'irai jusqu'au bout.

Un jour, que le petit fourneau bourdonnait, que Marie-Rose, toute maigre et pensive, cousait, et que les vieux souvenirs de la maison forestière — avec leurs printemps verdoyants, leurs automnes calmes et mélancoliques, leurs chants de grives et de merles, le murmure de la petite rivière dans les roseaux, la voix de la vieille grand'mère, celle du pauvre Calas, les aboiements joyeux de Ragot et les mugissements sourds de nos deux belles vaches à l'ombre des vieux hêtres — nous rendaient tout doucement visite ; pendant que je m'oubliais à ces choses, et que le bruit monotone du rouet et le tic-tac de l'horloge remplissaient notre petite chambre, tout à coup des cris et des chants retentirent au loin.

Marie-Rose écouta toute saisie ; moi, brusquement arrêté dans mes songes, je tressaillis comme un homme qu'on réveille : les Allemands se réjouissaient !!! un nouveau malheur venait d'arriver. C'est l'idée qui me frappa d'abord et je ne me trompais pas.

Bientôt des bandes de soldats traversèrent la rue bras dessus bras dessous, criant comme des aveugles : « Paris est rendu !... Vive la patrie allemande ! »

Je regardai Marie-Rose, elle était pâle comme une morte et me regardait aussi avec ses grands yeux brillants. Nous détournâmes nos regards l'un de l'autre, pour ne pas nous laisser voir l'émotion terrible que nous éprouvions. Elle sortit dans la cuisine, où je l'entendis pleurer.

C'était le dernier coup, Georges; la branche qui nous soutenait encore en l'air venait de se casser.

Jusqu'à la nuit sombre, de nouvelles bandes, chantant et braillant, ne firent que passer; moi, la tête penchée, j'entendais de temps en temps la toux de mon enfant éclater derrière la cloison de la cuisine, et je m'abandonnais au désespoir.

Vers sept heures, Marie-Rose entra avec la lampe. Elle voulut dresser la table.

« C'est inutile, lui dis-je; ne mets pas mon assiette... Je n'ai pas faim.

— Ni moi non plus, fit-elle.

— Eh bien, allons nous coucher... tâchons d'oublier nos misères... essayons de dormir ! »

Je m'étais levé; nous nous embrassâmes en pleurant.

Cette nuit-là, Georges, fut horrible.

Malgré ses efforts pour étouffer le bruit de son rhume, j'entendis Marie-Rose tousser sans relâche jusqu'au matin, de sorte qu'il me fut impossible de fermer l'œil. Je résolus d'aller chercher un médecin; mais je ne voulais pas effrayer ma fille, et songeant au moyen de lui parler de cela, vers le petit jour je m'endormis.

Il était bien huit heures lorsque je me réveillai; m'étant habillé, j'appelai Marie-Rose. Elle ne répondit pas. Alors j'entrai dans sa chambre et je vis des taches de sang sur son oreiller; son mouchoir aussi, qu'elle avait laissé sur la table de nuit, était tout rouge.

Cela me fit frémir !... Je retournai m'asseoir dans mon coin, pensant à ce que je venais de voir.

C'était jour de marché. Marie-Rose était allée faire nos petites provisions ; elle revint sur les neuf heures, tellement essoufflée, qu'il lui restait à peine la force de tenir son panier.

En la voyant entrer, je me rappelai ces figures pâles de jeunes filles, dont les pauvres gens de nos vallées disent que Dieu les appelle, et qui s'endorment tout doucement aux premières neiges. Cette idée me frappa, j'en eus peur; mais ensuite, raffermissant ma voix, je dis d'un air assez tranquille :

« Écoute, Marie-Rose, toute la nuit dernière je t'ai entendue tousser; cela m'inquiète.

— Oh ! ce n'est rien, mon père, fit-elle en rougissant un peu, ce n'est rien, les beaux jours vont revenir, ce rhume passera.

— C'est égal, lui répondis-je, je ne serai pas tranquille tant qu'un médecin ne m'aura pas dit ce que c'est. Il faut absolument que je cherche un médecin. »

Elle me regardait, les mains croisées sur son panier, au bord de la table ; et devinant peut-être à mon trouble que j'avais découvert les taches de sang, elle murmura :

« Eh bien, mon père, pour ta tranquillité...

— Oui, lui dis-je, il vaut mieux s'y prendre d'avance; ce qui n'est rien au commencement peut devenir très-dangereux quand on le néglige. »

Et je sortis.

En bas, M. Michel m'indiqua le docteur Carrière, qui demeurait dans la rue de l'Évêché.

J'allai le voir.

C'était un homme de soixante ans, sec, les yeux noirs et vifs, la tête grisonnante, qui m'écouta très-attentivement et me demanda si je n'étais pas le brigadier forestier dont il avait entendu parler par son ami M. d'Arence. Je lui dis que c'était moi, et tout aussitôt il m'accompagna.

Vingt minutes après, nous arrivions dans ma chambre.

Marie-Rose étant venue, le docteur l'interrogea longtemps sur les commencements de son rhume; sur ce qu'elle éprouvait maintenant, si la nuit elle n'avait pas de la fièvre, des frissons, des étouffements.

Par sa manière de l'interroger, elle était en quelque sorte forcée de lui répondre, et le vieux médecin sut bientôt qu'elle crachait du sang depuis plus d'un mois; elle l'avoua, toute pâle, en me regardant comme pour me demander pardon de m'avoir caché ce malheur.

Ah ! je le lui pardonnais de bon cœur, mais j'étais désespéré.

Après cela, M. Carrière voulut l'examiner; il écouta sa respiration et finit par dire que c'était bien, qu'il allait écrire son ordonnance.

Mais dans la chambre voisine, étant seuls, il me demanda si personne de notre famille n'avait été malade de la poitrine; et comme je l'assurais que jamais, ni de mon côté ni du côté de ma femme, nous n'avions connu de ces maladies, il me dit :

« Je vous crois; votre fille est très-bien conformée, c'est une forte et belle créature; mais alors il faut qu'un accident, une chute ou quelque chose de semblable l'ait mise en cet état. Elle nous le cache peut-être, il faut absolument le savoir.

Aussitôt je rappelai Marie-Rose, et le docteur lui demanda si, quelques semaines avant, elle ne se rappelait pas être tombée, ou bien s'être heurtée fortement, lui disant qu'il allait faire son ordonnance selon ce qu'elle répondrait et que la vie pouvait en dépendre.

Alors Marie-Rose avoua que, le jour où les Allemands étaient venus enlever nos vaches, elle avait essayé de les retenir par la corde, et qu'un de ces Prussiens lui avait donné un coup de crosse entre les épaules, dont elle était tombée sur les mains, et que tout aussitôt elle avait eu la bouche pleine de sang; mais que la crainte de ma colère en apprenant cette abomination, et la peur de me voir faire un mauvais coup, l'avaient empêchée de m'en rien dire.

Tout devenait clair!

Je ne pus m'empêcher de pleurer en regardant ma pauvre enfant, victime d'un si grand malheur.

Elle se retira.

Le docteur écrivit son ordonnance; comme nous descendions, il me dit :

« C'est grave.... Vous n'avez que cette fille?

— Je n'ai qu'elle! » lui répondis-je.

Il était triste et pensif.

« Nous ferons notre possible, dit-il; la jeunesse a tant de ressources! Mais évitez les émotions. »

En marchant dans la rue, il me répétait les conseils de M. Semperlin pour la grand'mère; je ne répondais rien. Il me semblait que la terre s'ouvrait devant mes pas et me criait : « Des morts!... des morts!... Je veux des morts!... »

Et j'aurais voulu me coucher le premier, fermer les yeux et lui répondre : « Eh bien! me voilà.... prends-moi, et laisse les jeunes!... Laisse-les respirer quelques jours encore.... Ils ne savent pas que vivre c'est un malheur horrible; ils l'apprendront bientôt et partiront avec moins de regrets.... Tu les auras tout de même!... »

Et, continuant à rêver ainsi, j'entrai chez le pharmacien, près du grand pont, qui me fit mon ordonnance.

Je retournai à la maison.

Marie-Rose prit deux cuillerées de la potion matin et soir, selon qu'il avait été prescrit. Cela lui fit du bien, je m'en aperçus dès les premiers jours; sa voix était plus claire, ses mains étaient moins brûlantes; elle me souriait, comme pour dire : « Tu vois, mon père, ce n'était qu'un rhume.... Ne te chagrine plus. »

Une douceur infinie brillait dans son regard, elle était heureuse de se ranimer; et l'espérance de revoir bientôt Jean ajoutait encore à son bonheur. Naturellement je l'encourageais dans ces bonnes idées; je lui disais :

« Nous recevrons des nouvelles un de ces jours..., le voisin un tel en attend aussi de son fils, cela ne peut plus tarder. Les postes étaient arrêtées pendant la guerre, les lettres restaient entassées dans les bureaux.... Les Allemands voulaient nous décourager.... Maintenant que l'armistice est accepté, les lettres vont revenir. »

La satisfaction d'entendre ces bonnes choses épanouissait sa figure.

Je ne la laissais plus descendre en ville; je prenais moi-même le panier pour aller faire nos petites provisions; les bonnes femmes me connaissaient.

« C'est le vieux brigadier, disaient-elles, dont la jolie fille est malade. Ils sont seuls. C'est lui qui vient maintenant. »

Jamais aucune d'elles ne me vendit ses légumes trop cher.

Je ne songeais plus alors aux affaires du pays, je ne voulais que sauver ma fille; les bruits d'élections, d'Assemblée nationale à Bordeaux ne me faisaient plus rien; ma seule pensée était : « Pourvu que Marie-Rose vive!... »

Ainsi se passa la fin de janvier; puis arriva le traité de paix : nous étions abandonnés!

Et de jour en jour les voisins recevaient des nouvelles de leurs fils, de leurs frères, de leurs amis, les uns prisonniers en Allemagne, les autres cantonnés à l'intérieur; mais nous, pas un mot!

J'allais tous les matins voir à la poste si rien n'était arrivé. Un jour le chef du bureau me dit :

« Ah! c'est vous.... Le facteur vient de partir.... il vous remettra une lettre. »

Alors, plein d'espérance, je courus à la maison; comme j'arrivais sur le seuil, le facteur sortait de l'allée et me criait en riant :

« Dépêchez-vous, père Frédéric; cette fois vous avez votre affaire : une lettre qui vient de l'armée de la Loire! »

Je montai quatre à quatre, le cœur battant. Qu'allions-nous apprendre? Depuis tant de semaines, que s'était-il passé? Jean était-il en route pour venir nous voir? Arriverait-il le lendemain.... dans deux, trois ou quatre jours?

Tout agité par ces pensées, en haut ma main cherchait le loquet sans le trouver; enfin je poussai la porte, ma petite chambre était vide.

J'appelai :

« Marie-Rose ! Marie-Rose ! »

Pas de réponse.

J'ouvris l'autre chambre : mon enfant, ma pauvre enfant était étendue là, près de son lit, sur le plancher, blanche comme de la cire, ses grands yeux à demi ouverts, la lettre serrée dans sa main, un peu de sang sur les lèvres.

Je la crus morte, et la relevant avec un gémissement horrible, je la déposai sur le lit.

Puis, la tête égarée, appelant, criant, je pris la lettre, et d'un seul coup d'œil je la lus.

Tiens, la voilà ! Lis, Georges, lis haut; je la sais par cœur, mais c'est égal, j'aime à sentir se retourner le couteau; quand cela saigne, ça fait moins mal.

« Ma bonne Marie-Rose,

« Adieu !... Je ne te verrai plus.... un éclat « d'obus m'a fracassé la jambe droite.... les « chirurgiens m'ont fait l'amputation.... Je « n'y survivrai pas.... J'étais resté trop long- « temps à terre.... J'avais perdu trop de sang... « C'est fini.... il faut que je meure !... Oh ! « Marie-Rose, chère Marie-Rose, que je vou- « drais te revoir un instant, une minute, que « cela me ferait de bien !... Pendant tout le « temps que j'étais couché dans la neige, avec « ma blessure, je n'ai pensé qu'à toi.... Ne « m'oublie pas non plus.... pense quelquefois « à Jean Merlin.... Pauvre mère Margrédel.... « pauvre père Frédéric.... pauvre oncle Da- « niel ! Tu leur diras.... Ah ! que nous aurions « tous été heureux sans cette guerre... »

La lettre s'arrêtait en cet endroit. Au bas, comme tu le vois, une autre main avait écrit :

« Jean MERLIN, *Alsacien.*

« *Détachement du* 21e *corps.*

« *Silly-le-Guillaume*, 26 *janvier* 1870. »

Tout cela je le vis d'un regard, et puis je recommençai de crier, d'appeler, et je finis par tomber dans le fauteuil, sans forces, me disant que tout était perdu : ma fille, mon gendre, ma patrie.... tout !... et qu'il valait mieux aussi mourir.

On avait entendu mes cris, on montait : le père et la mère Michel, je crois. Oui, c'est eux qui firent venir le médecin. Moi, je n'étais plus qu'un être égaré, sans ombre de raison ; mes oreilles bourdonnaient; il me semblait dormir et faire un rêve épouvantable.

Longtemps après, la voix du docteur Carrière m'éveilla; il disait :

« Emmenez-le.... qu'il ne voie pas cela ! Qu'on l'emmène !... »

Des gens me prenaient par les bras; alors l'indignation me saisit, et je criai :

« Mais non ! monsieur, je ne veux pas qu'on m'emmène.... Je veux rester..., c'est ma fille ! Est-ce que vous avez des enfants, vous, pour dire qu'on m'emmène ! Je veux la sauver, moi..., je veux la défendre.

— Qu'on le laisse, fit le docteur tristement; laissez ce malheureux. Mais il faut vous taire, me dit-il, vos cris peuvent l'achever. »

Je retombai en murmurant :

« Je ne crierai plus, monsieur, je ne dirai plus rien. Qu'on me laisse seulement près d'elle, je serai tranquille. »

Et quelques instants après, M. Carrière sortait, faisant signe à l'assistance de se retirer.

Beaucoup de gens le suivirent, un petit nombre restèrent. Je les voyais aller, venir, relever le lit, l'oreiller, parler bas entre eux. Le silence était grand... Le temps se passait... Un prêtre parut avec ses assistants..., on se mit à prier en latin..., c'étaient les derniers secours de la religion. Les bonnes femmes, à genoux, répondaient.

Tout disparut.

Il pouvait être alors cinq heures du soir. Une lampe s'alluma. Je me levai tout doucement et je m'approchai du lit.

Ma fille, belle comme un ange, les yeux à demi ouverts, respirait encore; je l'appelai tout bas : « Marie-Rose !... Marie-Rose !... » en pleurant.

Il me semblait à chaque seconde qu'elle allait me regarder et me répondre : « Mon père ! »

Mais ce n'était que la lumière qui clignotait sur sa figure. Elle ne bougeait plus. Et de minute en minute, d'heure en heure, j'écoutais sa respiration toujours plus faible, je regardais ses joues, son front toujours plus pâles. A la fin, exhalant un soupir, sa tête un peu penchée se releva, et ses yeux d'un bleu pâle s'ouvrirent lentement.

Une brave femme, qui regardait près de moi, prit un petit miroir sur la table et l'approcha de la bouche ; aucun nuage ne s'étendit sur la glace ; Marie-Rose était morte !..

Je ne dis rien, je ne fis entendre aucune plainte, et je suivis comme un enfant ceux qui m'emmenaient dans la chambre voisine. Je m'assis dans l'ombre, les mains sur les genoux; mon courage était brisé.

Et maintenant c'est fini!... Je t'ai tout raconté, Georges.

Ai-je besoin de te parler encore des cierges, du cercueil, du cimetière!... et puis de mon retour dans la petite chambre, où Marie-Rose et moi nous avions vécu; de mon désespoir, en me voyant là... seul, sans parents, sans patrie, sans espérance, et de me dire : « Tu resteras ainsi toujours,.. toujours... jusqu'à ce que les vers te mangent!... »

Non!... je ne peux pas te raconter ça; c'est trop horrible... Je t'en ai dit assez!

Tu sauras seulement que j'étais devenu comme fou, que j'avais des idées mauvaises qui me suivaient, des idées de vengeance!

Ce n'est pas moi, Georges, qui nourrissais ces idées, c'était le pauvre être abandonné du ciel et de la terre, auquel on avait arraché son cœur morceau par morceau, et qui ne savait plus où reposer sa tête.

Je vaguais dans les rues, les bonnes gens me plaignaient, la mère Ory me donnait à manger. J'ai su cela plus tard! Alors je ne pensais à rien; les mauvaises idées ne me quittaient pas; j'en parlais seul, assis derrière le poêle de l'auberge, ma tête grise entre les mains, les coudes sur les genoux et les yeux à terre.

Dieu sait ce que je ruminais de haine!

La mère Ory entendait tout, et cette excellente femme, qui me voulait du bien, en prévint M. d'Arence.

Un matin que j'étais seul dans la salle, il arriva me parler de ces choses, me rappelant qu'il avait toujours eu de la considération pour moi, qu'il m'avait toujours recommandé comme un honnête homme, un bon serviteur, plein de zèle et de probité, sur lequel on pouvait se reposer entièrement, et qu'il espérait bien que cela durerait jusqu'à la fin, qu'il en était sûr! qu'un homme juste et brave, même au milieu des plus grands malheurs, se montre tel qu'il était dans la prospérité; que le devoir et l'honneur marchent devant lui; que sa plus grande consolation et la plus belle, c'est de pouvoir se dire : « Je suis abattu, c'est vrai; mais mon courage me reste, ma bonne conscience me soutient; mes ennemis eux-mêmes sont forcés de reconnaître que le sort m'accable injustement. »

Il me parla longtemps de la sorte, brusquement, en se promenant de long en large; et moi, qui n'avais pu pleurer à l'enterrement de ma fille, je fondis en larmes.

Puis il me dit que le moment était venu de partir; que la vue des Prussiens m'aigrissait le sang; qu'il allait me donner une lettre de recommandation pour un de ses bons amis de Paris; que j'obtiendrais là-bas une petite place, soit au chemin de fer, soit ailleurs; et qu'ainsi, ma retraite étant liquidée, je pourrais vivre en paix, non pas heureux, mais éloigné de tout ce qui me rappelait sans cesse le souvenir de mes malheurs.

J'étais prêt à faire tout ce qu'il aurait voulu, Georges; mais il ne voulait rien que pour mon bien.

Je partis donc, et me voilà depuis trois ans surveillant à la gare de l'Est.

En arrivant au milieu de la grande confusion, après le siége, j'eus encore la douleur de voir une chose épouvantable, dont le souvenir ajoute à mes souffrances : des Français se battaient contre des Français. . La grande ville était en flammes... et les Prussiens regardaient ce spectacle avec une joie de sauvages.

« Il n'y a plus de Paris!... disaient-ils. Plus de Paris! »

L'envie horrible qui ronge ces gens était satisfaite.

Oui, j'ai vu cela! J'ai cru que c'était fini de nous; j'en ai frémi. Je me suis écrié :

« L'Eternel a donc résolu que la France descendrait dans l'abîme! »

Mais cela, grâce au ciel, s'est aussi passé. Le souvenir en reste. espérons qu'il ne périra jamais!

Et ce n'était pas encore tout. A la suite de ces grandes calamités, il m'a fallu voir, en remplissant ma petite place, défiler jour par jour devant mes yeux la grande émigration de nos frères alsaciens et lorrains, hommes, femmes, enfants, vieillards, par milliers, allant chercher leur pain loin de la terre natale, en Algérie, en Amérique, partout!

Nos pauvres compatriotes me reconnaissent tous à ma figure; ils disent :

« C'est un des nôtres! »

Leur vue me soulage aussi, c'est comme un souffle du pays, un bon air qui passe. On se serre la main. Je leur enseigne l'hôtel où l'on est à bon marché; je leur rends tous les petits services qu'on peut rendre à des amis d'un jour, qui garderont un bon souvenir de celui qui leur a tendu la main. Et le soir, dans ma petite chambre, sous les toits, rêvant à ces choses, je suis encore heureux de n'être pas tout à fait inutile en ce monde; c'est mon unique consolation, Georges; quelquefois elle me procure un bon sommeil.

D'autres jours, quand le temps est triste,

quand il pleut, qu'il fait froid, ou que j'ai rencontré dans la rue un cercueil de jeune fille, avec la couronne blanche!... alors les idées sombres reprennent le dessus. Je mets mon vieux manteau après le service, je cours dans les rues au hasard, parmi ces gens tout occupés de leurs affaires, qui ne font attention à personne. Je vais au loin, tantôt vers l'Arc de Triomphe, tantôt vers le Jardin des Plantes, et je reviens accablé de fatigue. Je m'endors, évitant de songer aux beaux jours d'autrefois, car ces souvenirs me font battre le cœur, même en rêve, et tout à coup je m'éveille couvert de sueur, en m'écriant :

« C'est fini!... tu n'as plus de fille... tu es seul au monde!... »

Je suis forcé de me lever, d'allumer ma lampe et d'ouvrir la fenêtre pour me calmer un peu, m'apaiser et me faire une raison.

Quelquefois aussi je rêve que je suis à la maison forestière avec Jean et Marie-Rose. Je les vois... je leur parle... nous sommes heureux! Mais quand je m'éveille...

Tiens, laissons cela, ce qui est fini ne peut plus revivre!

Tout ira de la sorte tant que cela pourra. Je ne serai pas enterré parmi les anciens, ni près de ma fille. Nous serons tous dispersés! Cette idée me fait aussi de la peine.

Je dois reconnaître, Georges, que nos frères de Paris nous ont bien reçus; ils nous ont secourus, ils nous ont aidés de mille manières; ils ont fait pour nous tout ce qu'ils ont pu. Mais dans un si grand désastre, eux-mêmes ayant été si fortement éprouvés, la misère fut encore grande; longtemps dans les greniers de la Villette, de la Chapelle et des autres faubourgs on souffrit du froid et de la faim.

Aujourd'hui, le plus grand flot de l'émigration est écoulé, presque tous les ouvriers ont du travail, les femmes et les vieillards un asile, et les enfants reçoivent de l'instruction dans les écoles.

Il en vient toujours d'autres, l'émigration durera aussi longtemps que l'annexion, car des Français ne peuvent courber la tête comme des Allemands sous le despotisme prussien; et l'annexion sera longue, si nous continuons à nous disputer sur des intérêts de partis, au lieu de nous réunir dans l'amour de la patrie.

Mais ne parlons pas de ce qui nous divise, c'est trop triste!

La seule chose que je veuille encore te dire, pour finir cette lamentable histoire, c'est que, au milieu de mes misères, je n'accuse pas l'Eternel; non, l'Eternel est juste, nous avons mérité de souffrir! D'où viennent tous nos malheurs? D'un seul homme qui avait prêté serment devant Dieu d'obéir aux lois et qui les a mises sous ses pieds; qui a fait tuer ceux qui les défendaient et transporter au loin, dans les îles, des milliers de ses semblables dont il craignait le courage et le bon sens. Eh bien, cet homme, nous l'avons approuvé, nous avons voté pour lui, non pas une fois, mais vingt fois; nous avons pris de la sorte à notre compte ses mauvaises actions; nous avons mis de côté la justice et l'honneur; nous avons pensé : « L'intérêt fait tout... cet homme est malin... il a réussi... il faut le soutenir! »

Quand je me rappelle que j'ai voté pour ce malheureux, sachant bien que ce n'était pas juste, mais dans la crainte de perdre ma place, quand je me rappelle cela, je m'écrie : « Frédéric, que Dieu te pardonne! Tu as tout perdu, amis, parents, patrie, tout... avoue que tu l'as mérité. Tu n'as pas eu honte de soutenir l'homme qui faisait perdre les mêmes choses d'un coup à des milliers de Français aussi honnêtes que toi... Tu as voté pour la force contre la justice, courbe-toi sous la loi que tu as acceptée!... Et, comme des millions d'autres, tu as aussi donné le droit à cet homme de faire la guerre; il l'a faite!... Il t'a joué, toi, ton pays, ta famille, ton bien, celui de tous les Français, dans l'intérêt de sa dynastie, sans s'inquiéter de rien, sans réfléchir ni prendre de précautions; il a perdu... Paye et *tais-toi*!... Ne reproche pas à l'Eternel ta propre bêtise et ton injustice; frappe-toi la poitrine et supporte ton iniquité! »

Voilà ce que je pense.

Que les autres profitent de mon exemple; qu'ils nomment toujours d'honnêtes gens pour les représenter; que l'honnêteté, le désintéressement et le patriotisme passent avant tout le reste; les gens trop fins sont souvent malhonnêtes, et les gens trop hardis, qui ne craignent pas de crier contre les lois, sont aussi capables de les renverser et de mettre leur volonté à la place.

C'est le meilleur conseil qu'on puisse donner aux Français; s'ils en profitent, tout ira bien, nous reprendrons nos frontières; s'ils n'en profitent pas, ce qui est arrivé aux Alsaciens et aux Lorrains leur arrivera province par province; ils s'en repentiront, mais il sera trop tard.

Et quant aux Allemands, ils récolteront aussi ce qu'ils ont semé! Maintenant ils sont au pinacle; ils font trembler l'Europe et ils ont la bêtise de s'en réjouir. C'est très-dangereux de faire peur à tout le monde; nous l'avons appris à nos dépens, ils l'apprendront à leur tour! — Parce que Bismarck a réussi dans ses entreprises, ils le considèrent comme une espèce de dieu; ils ne veulent pas reconnaître que cet homme n'a employé que des moyens malhonnêtes : la ruse, le mensonge, l'espionnage, la corruption et la violence.... Ce qu'on bâtit là-dessus n'est jamais solide.

Mais tout ce qu'on pourrait dire aux Allemands ou rien ce serait la même chose; ils sont grisés par leurs victoires, et ne se réveilleront que lorsque l'Europe, fatiguée de leur ambition et de leur insolence, se lèvera pour les remettre à la raison; alors ils seront bien forcés de reconnaître, comme nous l'avons reconnu nous-mêmes, que *« si la Force prime quelquefois le Droit, la Justice est éternelle! »*

FIN DU BRIGADIER FRÉDÉRIC.

Paris. — Imprimerie Gauthier-Villars, quai des Grands-Augustins, 55.

VICTOR HUGO

ŒUVRES COMPLÈTES ILLUSTRÉES

ŒUVRES COMPLÈTES **42 fr. 30** BROCHÉES — ŒUVRES COMPLÈTES **58 fr. 50** CARTONNÉES

ROMANS ILLUSTRÉS

158 DESSINS DE BRION, GAVARNI, BEAUCÉ ET RIOU

Notre-Dame de Paris..	1 volume à...	4 »
Han d'Islande........	— ...	2 85
Bug-Jargal..........	— ...	1 35
Dernier Jour d'un condamné.......... / Claude Gueux.......	1 volume à..	1 15

Réunis en un volume grand in-8. — Broché, 9 fr.; toile, tr. dor., 12 fr.; relié, tr. dor., 14 fr.

LES MISÉRABLES, 202 dessins par Brion. L'ouvrage complet. — Broché.................. 12 fr.
Toile, tr. dor.................. 15 fr.
Relié, tr. dor.................. 17 fr.

LES TRAVAILLEURS DE LA MER, 70 dessins par Chifflart. L'ouvrage complet. — Broché... 4 fr.
Cart. toile, tr. dor.................. 6 fr. 50

THÉATRE ILLUSTRÉ

119 DESSINS PAR BEAUCÉ, C. NANTEUIL ET RIOU

Cromwell.......	16 liv. réun. en 1 sér. de	1 80
Ruy Blas.......	6 — —	» 75
Marion Delorme.	6 — —	» 75
Marie Tudor.... / La Esmeralda....	6 — —	» 75
Hernani........	6 liv. réun. en 1 sér. de	» 75
Le Roi s'amuse....	6 — —	» 75
Angelo.........	6 — —	» 75
Les Burgraves....	6 — —	» 75
Lucrèce Borgia...	4 — —	» 60

Réunis en un volume grand in-8. — Broché, 7 fr.; toile, tr. dor., 10 fr.; relié, tr. dor., 11 fr.

POÉSIES ILLUSTRÉES

ILLUSTRATIONS PAR BEAUCÉ, E. LORSAY, GÉRARD SÉGUIN

Odes et Ballades.	14 liv. réun. en une sér.	1 80
Voix intérieures. / Les Rayons et les Ombres......	10 — —	1 35
Les Orientales..	6 — —	» 75
Les Feuilles d'automne........ / Les Chants du crépuscule....	10 liv. réun. en une sér.	1 35

Quatre séries réunies en un volume contenant 77 dessins. — Broché, 4 fr. 50; cart. toile, tr. dor., 7 fr. 50; relié, tr. dor., 9 fr.

Pour paraître successivement : Les Contemplations. — La Légende des siècles. — Les Chansons des rues et des bois.

LES CHATIMENTS, 22 dessins par Théophile Schuler, Broché.......................... 1 fr. 30

LE RHIN, 120 dessins par Beaucé et Lancelot. — Un volume grand in-8, très illustré. — Br. 4 fr. 50
Toile, tr. dor.......................... 7 fr. 50
Relié, tr. dor.......................... 9 fr. »

ŒUVRE POÉTIQUE ELZÉVIRIENNE

FORMANT 10 VOL. IN-18 RAISIN

57 fr. 50 — Edition elzévirienne sur papier de Hollande — **57 fr. 50**

DESSINS ET ORNEMENTS PAR E. FRONENT

Chaque volume se vend séparément :

Odes et Ballades. 1 vol............	7 50
Orientales. 1 vol..................	4 »
Feuilles d'automne. 1 vol..........	4 »
Chants du crépuscule. 1 vol........	4 »
Voix intérieures. 1 vol............	4 »
Rayons et Ombres. 1 vol............	4 »
Contemplations. 2 vol. à 7 fr. 50.....	15 »
La Légende des siècles. 1 vol.........	7 50
Les Chansons des rues et des bois. 1 vol..	7 50

Les 10 volumes : **57 fr. 50** — Sur chine : **115 fr.**

LES GRANDS CLASSIQUES ILLUSTRÉS

FABLES DE LA FONTAINE, précédées d'une Notice sur sa vie et son œuvre, par A. Morel, 115 grandes planches imprimées hors texte, par Eugène Lambert. Un très-beau vol. grand in-8. — Br. 10 fr.
Cartonné, toile.......................... 13 fr.
Relié.......................... 15 fr.

ŒUVRES DE MOLIÈRE, préface de Sainte-Beuve, de l'Académie française, 630 dessins par Tony Johannot. Réimpression de la célèbre édition du Molière-Johannot. — Un splendide volume grand in-8. — Broché.......................... 10 fr.
Cartonné toile.......................... 13 fr.
Relié.......................... 15 fr.

L'ESPRIT DES BÊTES, par A. TOUSSENEL, 85 dessins par E. Bayard. Un magnifique volume in-8. — Broché.......................... 5 fr.
Cartonné toile, tr. dor.......................... 7 fr. 50
Relié, tr. dor.......................... 9 fr. 50

ŒUVRES ILLUSTRÉES DE VICTOR HUGO

LES MISERABLES. Édition illustrée par BRION. — Prix relié 17 fr. — Toile 15 fr. — Broché.......... 12 »

Romans :

Édition illustrée par BRION, GAVARNI, BEAUCÉ, GÉRARD SEGUIN et RIOU.

NOTRE-DAME. — Prix broché.................... 4 »
HAN D'ISLANDE. — Prix broché.................... 2 85
BUG-JARGAL. — Prix broché.................... 1 35
DERNIER JOUR D'UN CONDAMNÉ. — CLAUDE GUEUX. — Prix broché.................... 1 15
Réunis en un volume grand in-8.—Prix relié 14 fr. Toile 12 fr. — Broché.................... 9 »

Théâtre :

Édition illustrée par BEAUCÉ, NANTEUIL et RIOU.

CROMWELL.................... 1 80
RUY-BLAS.................... » 75
MARION DELORME.................... » 75
MARIE TUDOR. — LA ESMERALDA.................... » 75
HERNANI.................... » 75
LE ROI S'AMUSE.................... » 75
ANGELO.................... » 75
LES BURGRAVES.................... » 75
LUCRECE BORGIA.................... » 60
Réunis en un volume gr. in-8. — Prix relié 11 fr. — Toile 10 fr. — Broché.................... 7 »

Poésies :

Édition illustrée par BEAUCÉ, E. LORSAY et GÉRARD SEGUIN.

ODES ET BALLADES.................... 1 80
VOIX INTERIEURES. — RAYONS ET OMBRES. 1 35
ORIENTALES.................... » 75
FEUILLES D'AUTOMNE. — CHANTS DU CREPUSCULE.................... 1 35
Réunis en un volume grand in-8.— Prix relié 9 fr. — Toile 7 fr. 50. — Broché.................... 4 50
LES CHATIMENTS, illustrés par Th. SCHULER, 10 c. le numéro. 3 séries à 50 c. L'ouvrage complet.... 1 30

TRAVAILLEURS DE LA MER. Ed. ill. par CHIFFLART — Gr. in-8.—Pr. rel. 8 fr. —Toile 6 fr. — Br. 4 »
Se vend aussi en trois séries à 1 fr. 20 et une à 60 c.

RHIN. Edition illustrée par BEAUCÉ et LANCELOT. — Gr. in-8.— Prix rel. 9 fr.— Toile 7 fr. 50. — Br. 4 50

Œuvres poétiques elzéviriennes :

Sur papier vergé de Hollande, ornées par Froment.

ODES ET BALLADES. 1 vol... 7 50
ORIENTALES 1 vol... 4 »
FEUILLES D'AUTOMNE. 1 vol... 4 »
CHANTS DU CREPUSCULE. 1 vol... 4 »
VOIX INTERIEURES. 1 vol... 4 »
RAYONS ET OMBRES. 1 vol... 4 »
CONTEMPLATIONS. 2 vol... 15 »
LEGENDE DES SIECLES 1 vol... 7 50
CHANSONS DES RUES ET DES BOIS. 1 vol... 7 50

Volumes in-18, sans gravure, à 2 fr.

NAPOLÉON LE PETIT. 1 vol. in-18.................... 2 »
LES CHATIMENTS. 1 vol. in-18.................... 2 »

ŒUVRES ILLUSTRÉES DE JULES VERNE

Voyages extraordinaires couronnés par l'Académie française :

AVENTURES DU CAPITAINE HATTERAS. Edition illustrée par RIOU. — 1 vol. grand in-8 relié 12 fr. — Toile 10 fr. — Broché.... 7 »
VOYAGE AU CENTRE DE LA TERRE. Ed. ill. par RIOU. — 1 vol. in-8, toile 7 fr. — Broché 4 »
CINQ SEMAINES EN BALLON. Edition illustrée par RIOU. — 1 vol. in-8, toile 7 fr. — Broché.... 4 »
Ces deux ouvrages sont réunis aussi en un seul volume gr. in-8, relié 12 fr. — Toile 10 fr. — Broché. 7 »
DE LA TERRE A LA LUNE. Edition illustrée par DE MONTAUT. — 1 vol. in-8, toile 7 fr. — Broché... 4 »
AUTOUR DE LA LUNE. Ed. ill. par DE NEUVILLE et E. BAYARD. — 1 vol. in-8. — Toile 7 fr. — Br. 4 »
Ces deux ouvrages sont réunis aussi en un seul vol. grand in-8. — Relié, 12 fr. — Toile, 10 fr — Br. 7 »
UNE VILLE FLOTTANTE. Edition illustrée par FERAT. — 1 vol. in-8. — Toile, 7 fr. — Broché.... 4 »
AVENTURES DE 3 RUSSES ET DE 3 ANGLAIS. Edition illustrée par FERAT. — 1 vol. in-8. — Toile, 7 fr. — Broché.................... 4 »
Ces deux ouvrages sont réunis aussi en un seul vol. grand in-8. — Relié 12 fr. — Toile 10 fr. — Br. 7 »
LES ENFANTS DU CAPITAINE GRANT. Edition illustrée par RIOU. — 1 vol. gr. in-8, relié 14 fr. — Toile 12 fr. — Broché.................... 9 »
VINGT MILLE LIEUES SOUS LES MERS. Edition illustrée par DE NEUVILLE. — 1 vol. gr. in-8, relié 12 fr. — Toile 10 fr. — Broché.................... 7 »
LE TOUR DU MONDE EN 80 JOURS. Edition illustrée par DE NEUVILLE et BENETT. — 1 vol. in-8. — Toile, 7 fr. — Broché.................... 4 »
LE DOCTEUR OX. Edition illustrée par SCHULER, BAYARD, MARIE, BERTRAND et FRŒLICH. — 1 vol. in-8. — Toile 7 fr. — Broché.................... 4 »
Ces deux ouvrages sont réunis aussi en un seul volume grand in-8. — Relié 12 fr. — Toile 10 fr. — Broché.................... 7 »
LE PAYS DES FOURRURES. Edition illustrée par FERAT et DE BEAUREPAIRE. — 1 volume in-8. — Relié 12 fr. — Toile 10 fr. — Broché.................... 7 »
LE CHANCELLOR. Edition illustrée par RIOU et FERAT. — 1 vol. in-8. — Toile 7 fr. — Broché.. 4 »
L'ILE MYSTÉRIEUSE. Edition illustrée par FERAT. — 1 vol. gr. in-8. — Rel. 14 fr. — Toile 12 fr. — Br. 9 »
MICHEL STROGOFF. Illustrations par FÉRAT. — 1 vol. gr. in-8. — Relié 12 fr. — Toile 10 fr. — Broché. 7 »

Tous ces ouvrages se vendent aussi en séries.

ŒUVRES ILLUSTRÉES D'ERCKMANN-CHATRIAN

Romans Nationaux :

Édition illustrée par TH. SCHULER, RIOU et FUCHS.

LE CONSCRIT DE 1813.................... 1 40
MADAME THERÈSE.................... 1 40
L'INVASION.................... 1 60
WATERLOO.................... 1 80
L'HOMME DU PEUPLE.................... 1 70
LA GUERRE.................... 1 40
LE BLOCUS.................... 1 60
Ces 7 ouvrages réunis en 1 vol. grand in-8 : Prix relié 15 fr. — Toile 13 fr. — Broché.......... 10 »
Réunis en 2 vol. grand in-8 : Première partie. — LE CONSCRIT. — MADAME THÉRÈSE. — L'INVASION. — WATERLOO. — Prix relié 10 fr. — Broché.. 5 50
Deuxième partie. — L'HOMME DU PEUPLE. — LA GUERRE. — LE BLOCUS. — Prix relié 9 fr. — Broché........ 4 50

Romans Populaires :

Édition illustrée par BAYARD, BENETT, GLUCK et TH. SCHULER.

MAITRE DANIEL ROCK.................... 1 20
L'ILLUSTRE DOCTEUR MATHEUS.................... 1 40
HUGUES LE LOUP.................... 1 40
CONTES DES BORDS DU RHIN.................... 1 30
JOUEUR DE CLARINETTE.................... 1 60
MAISON FORESTIERE.................... 1 20
L'AMI FRITZ.................... 1 50
LE JUIF POLONAIS.................... 1 30
Ces 8 ouvrages réunis en 1 vol. grand in-8 : Prix relié 15 fr. — Toile 13 fr. — Broché.......... 10 »
Réunis en 2 vol. gr. in-8 : Première partie. — DANIEL ROCK. — MATHÉUS. — HUGUES LE LOUP. — CONTES DES BORDS DU RHIN. — Pr., rel., 9 fr. 50. — Br. 5 »
Deuxième partie. — JOUEUR DE CLARINETTE. — MAISON FORESTIÈRE. — L'AMI FRITZ. — JUIF POLONAIS. — Prix relié 9 fr. 50. — Broché.................... 5 »
HISTOIRE D'UN PAYSAN. Ed. ill. par TH. SCHULER. — 1 vol. gr. in-8, relié 12 fr. — Toile 10 fr. — Br. 7 »
Cet ouvrage se vend aussi en séries : 2 séries à 1 fr. 75. 1 série à 2 fr. et 1 série à 1 fr. 90.
HISTOIRE DU PLEBISCITE. Edition illustrée par TH. SCHULER. — Prix.................... 2 »
HISTOIRE D'UN SOUS-MAITRE. Edition illustrée par TH. SCHULER. — Prix.................... 1 30
LES DEUX FRERES. Ed. ill. par TH. SCHULER. — Pr. 1 50
LE BRIGADIER FREDERIC. Edition illustrée par TH. SCHULER. — Prix.................... 1 20
UNE CAMPAGNE EN KABYLIE. Edition illustrée par TH. SCHULER. — Prix.................... 1 40
MAITRE GASPARD FIX. Ed. ill. par SCHULER. — Pr. 2 »
Ces 6 ouvrages réunis en un seul volume grand in-8 : Relié 14 fr. — Toile 12 fr. — Broché.......... 9 »

Paris, — Imp. Gauthier-Villars, 55, quai des Grands-Augustins.

www.ingramcontent.com/pod-product-compliance
Ingram Content Group UK Ltd.
Pitfield, Milton Keynes, MK11 3LW, UK
UKHW031053260726
13965UKWH00006B/1362